A FÓRMULA DA SAUDADE

Daniel Oliveira

A Fórmula da Saudade

$$s = i + \left(\frac{1}{y}\right) \times A + (z)^n$$

Título original: *A Fórmula da Saudade*
© 2014, Daniel Oliveira
e Oficina do Livro – Sociedade Editorial, Lda.

Capa: Maria Manuel Lacerda
Fotografia: © Luís Silva Campos
Revisão: Sofia Gonçalves
Paginação: LeYa
em caracteres Sabon, corpo 12
Impressão e acabamento: CEM

1.ª edição: outubro 2014
4.ª edição: março 2015

ISBN: 978-989-741-185-4
Depósito legal: 388 695/15

Oficina do Livro
uma empresa do grupo LeYa
Rua Cidade de Córdova, 2
2610-038 Alfragide
Tel.: 210 417 410, Fax: 214 717 737
E-mail: info@oficinadolivro.leya.com

www.oficinadolivro.pt

Aos meus

E eu era feliz? Não sei, fui-o outrora agora.

Eu amo tudo o que foi
Tudo o que já não é
A dor que já me não dói
A antiga e errónea fé
O ontem que a dor deixou,
O que deixou alegria
Só porque foi, e voou
E hoje é já outro dia.

FERNANDO PESSOA

NOTA PRÉVIA

São verídicos, os documentos, datas e discursos oficiais relacionados com a Índia Portuguesa e o conflito diplomático e militar entre Portugal e a União Indiana, que eclodiu em 1954.

É igualmente verdadeira a correspondência amorosa transcrita no período 1954-1957, que tem como protagonistas Zulmira e Joaquim.

A história dos meus avós paternos (Zulmira e Joaquim), tal como aqui é apresentada, é baseada em factos reais, resulta de conversas tidas com ambos em mais de 30 anos de vida e foi coligida com o seu consentimento.

Quero agradecer a Ana Cristina Oliveira, minha prima em primeiríssimo grau, pelo apoio prestado na pesquisa da documentação, com a ajuda da qual procuramos prestar homenagem aos nossos avós.

A minha infância aconteceu tal como a relato, embora alguns dos nomes referidos tenham sido alterados em defesa dos visados.

Por fim: não pode deixar de ser verdade que uma entrevista não seja o que se convencionou e acabe por nos projectar no manto diáfano da saudade diante da nudez crua da realidade.

I

Saudade
Memória

Há momentos na vida em que somos atirados para o nosso destino, como se não tivéssemos forças para fazer outra coisa a não ser aquela que acaba por acontecer. A tal ponto uma ideia nos magnetiza que nos sentimos obrigados a concretizá--la, independentemente das consequências. Chamam-lhe intuição, inspiração, mas quase sempre é por teimosia que acaba rotulado pelos outros. Aconteceu-me isso quando tinha treze anos. Foi como se me tivessem plantado uma semente na consciência. A cada dia que passava, a premência da concretização avolumava-se. E foi dessa forma, com pouco mais de uma década de vida, que me autonomeei profissional de um jornal fundado por mim. Redigia os textos de imprensa e procurava o meu ângulo de abordagem aos assuntos. Fazia perguntas e inventava as respostas como se me colocasse acima da própria realidade e manejasse o entrevistado ao gosto do entrevistador.

Conseguia com isto que, sob a minha perspetiva, deixasse de ser invisível aos olhos dos outros. Queria que me vissem como queria ser visto e não como julgava que os outros me pudessem ver. Não me apercebia da complacência para com erros gramaticais e dava-me gozo ver alguém lendo o que eu tinha escrito e imaginado. Como se isso fosse metáfora de uma aceitação de mim mesmo.

Um dia, passei a acreditar que estaria ao meu alcance o que parecia inalcançável. Com quinhentos escudos sacados com arte do fundo do mealheiro, faltei à escola e apanhei dois autocarros com o propósito de chegar à fala com aquelas figuras da televisão que me faziam sonhar.

Quando é que uma mentira começa a sê-lo? O que seria a mentira neste caso? A mentira é sempre o contraponto a algo que existe, a uma realidade comparável. Faltar às aulas não era uma mentira, antes uma omissão.

Ao contrário do que tinha projetado, havia uma certa normalidade junto à portaria da estação de televisão: chegavam pessoas, nenhuma delas famosa, com olheiras de dois tipos: de gozo e de cansaço; falavam entre si do que me parecia ser o programa do dia anterior e olhavam-me como se desde sempre eu ali estivesse, e portanto lhes fosse invisível. Senti na indiferença, rejeição, uma vez que, no meu entender, o universo deveria ter informado os demais.

A sensação de sermos indiferentes para os outros está relacionada com a exata expectativa que temos de nós próprios. Sentimos indiferença porque julgamos que os outros nos veem sob o nosso prisma e com o mesmo grau de importância. Ao ver passar todas aquelas pessoas, senti que o mundo não corria à minha velocidade. É certo que não havia nenhuma razão objetiva para ali me ter deslocado. A não ser mostrar um dos exemplares do meu jornal e conseguir pelo menos uma entrevista. Acabei por desistir. Nisto, quando me preparava para seguir viagem, notei a chegada de um automóvel com uma jovem cujo rosto, muito bonito, me era familiar. Logo percebi de quem se tratava. Acenei-lhe e corri até ela antes que a cancela se abrisse e a perdesse para um parque de estacionamento.

– Olá, isto é um jornal que eu faço lá no meu bairro e gostava muito de lhe poder fazer uma entrevista, sou um grande fã. Pode ficar com um exemplar, se quiser ver.
– Ah, muito obrigada.
– Já agora, posso pedir-lhe um autógrafo?
– Claro que sim, mas olha: eu hoje não tenho tempo para entrevistas, já estou atrasada para um compromisso. Achas que daqui a uma semana, às sete, consegues cá vir? Não demora muito tempo, pois não?
– Não, é rápido. São perguntas simples.

«Com um grande beijo
 da amiga Camila»

II

Namorei o autógrafo, fantasiado-o criptografado e assim houvesse mais para ler do que na verdade existia. Segui o curso de tinta de cada linha como se fosse o percurso de um labirinto de onde não queria sair. Quando me distraí da folha, já o relógio do motorista do autocarro, para o qual espreitei, batia as sete e cinco do dia combinado e eu estava no mesmo exato local aonde uma semana antes tinha travado conhecimento com a estrela do momento.

Deixei-me ficar por ali e até arrisquei travar dois dedos de conversa com o homem da segurança, que tinha um televisor ligado na sala da portaria e se limitava a carregar no botão para levantar a cancela e anotar as matrículas dos automóveis que entravam.

– Parece que hoje vai estar uma caloraça – interpelei-o.

– Pois é.

– O senhor aí dentro é que está sempre protegido do sol, e do frio quando é inverno. Tem sorte.

– Pois é.

– Pois... Olhe, sabe se a Camila Vaz já entrou ou se vem mais tarde?

– Não.

– Não sabe, não vem mais tarde ou não entrou?

– Não dou esse tipo de informações.
– Não dá porque não sabe, porque não quer ou porque não pode?
– Porquê?
– Porquê o quê?
– Porque queres saber?
– Ah, porque combinei com ela aqui na porta às sete.
– Combinaste com ela? – Troçou.
Respondi que sim.
– Então deixa-te estar. Não tenho aqui um banquinho, se não dava-to.
– Não acha que ela vem?
– Humm, humm.
– Acha o quê?
– Não acho nada, não perdi nada – o riso da imbecilidade é sempre muito particular.
– Está a dar-me baile, já percebi. Obrigado, bom dia.
Segui com o olhar e com o coração todos os automóveis que desaceleravam à minha frente e ainda aqueles que seguiam rua abaixo. Vislumbrava as mulheres que vinham ao volante e tentava perceber se alguma delas era... Ela.
Passaram duas horas, passou a saciedade, mas ainda não a esperança. Sentei-me no passeio a folhear o caderninho com as perguntas que tinha preparado para lhe fazer.
– Olhe, desculpe, que horas são?
– Horas de comprares um relógio – respondeu o segurança.
– Diga lá, por favor.
» São doze?
» Meio-dia?
– Não, doze para a uma.
– Obrigado e parabéns.
– Parabéns de quê?
– O senhor esteve a um passo de ser um idiota. Faltou-lhe um bocadinho assim. Para já é só candidato. Vamos lá ver se

há vagas. Mas não desista, hã? Tem muitas qualidades para ocupar o lugar.
– Estás a habilitar-te, puto. Tem lá mas é juizinho, ouvistes?
– Ouviste! – Tentei corrigir.
» Ouvi, ouvi.
Com o estômago a dar horas, comecei a considerar a hipótese de há uma semana ter sido despachado com classe. No entanto, quando, pelas minhas contas, eram quase seis e meia, começou a descer a rua um carro que parecia ser o mesmo em que a tinha visto há uma semana. Finalmente! A espera tinha valido a pena, o meu coração batia violentamente, os lábios secaram ao aproximar-me. Camila vinha a falar ao telemóvel, olhou para mim e acenou, estacionando de seguida o carro no interior do edifício. Esperei que ela me viesse buscar ou que mandasse alguém fazê-lo, mas passaram quinze minutos e nenhum sinal. Meia hora. Sessenta minutos e nada. Nunca mais a tornaria a ver.

III

A anatomia de uma entrevista

Passados todos estes anos, quase vinte, recordo esta história ao detalhe na sala tomada de luz e calor, com vista para a praia de Copacabana, num dia de um ano que termina hoje, embora esses conceitos a que nos agarramos para compartimentar a vida sejam sobretudo simbólicos, uma vez que o amanhã será semelhante ao que ontem foi. Contudo, para muitos é já o devir que se apodera de nós, sem cisões com o que foi e o que gostaríamos de ter sido.

O que gostaríamos de ter sido ou o que não fizemos também faz parte do nosso passado, ou nele apenas se inscreve o que retemos? Se assim for, onde está o sabor que nos outorgue que foi assim e não de outra forma que a vida se passou?

Lá em baixo, fosse agora ou noutro dia qualquer, há sempre turistas deslumbrados e outros que prometem ser atletas nas suas rotinas como o são por aqui. Idosos correm contra o tempo e atrasam os indícios de velhice, cachorros farejam o chão pela última vez antes da «virada», exibicionistas da felicidade exultam os de sorriso menos fácil a mostrar os dentes; um homem circula com uma lata de cerveja apoiada na cabeça, outro, mais velho, aparece de tronco nu com o cão às cavalitas, parando para as objetivas empunhadas por quem quer cá voltar um dia através das fotos.

Avionetas de aspeto frágil aparecem ao redor da praia, com as mais apelativas campanhas esticadas em pano ao vento, desejando bom ano novo ou promovendo as melhores baladas dessa noite. Há cartazes com frases de autoajuda, que se espera causarem efeito em quem as lê: «futuro é agora», «vida é você que faz», «alegria para todo o mundo». Crianças com meses veem pela primeira vez este ritual, mas não se recordarão de ter andado por aqui. Ao seu lado, uma outra família, vestida de branco, como se exige, vem despassada, o pai ficou para trás, detido a olhar as esculturas de areia em forma de mulheres com bunda farta, empinada para que ao artista que as fez não fique apenas o gozo de as ter desenhado, mas tilintem alguns reais.

As balsas posicionam-se no mar, já guarnecidas dos canhões de fogo que, logo mais, trarão dois milhões à praia em euforia coletiva. Vão chegando como que tomando posição para o ataque com hora marcada. As camisolas dos clubes do coração saem do armário para começar com sorte o ano de quem crê que a vitória se fará desse gesto, e há tempo para marcar os últimos golos e os últimos pontos do futevólei. Nas janelas dos prédios debruçam-se os curiosos de horizonte privilegiado.

– Bom ano, meu chapa! Que seja bom pa tu e bom pa mim.

Os quiosques à beira do calçadão já não têm lugares sentados, mas as cervejas erguem-se em vivas e brindes ao ano que há de chegar pela ditadura do relógio. O principal palco, por onde vão passar artistas que, sejam eles quem forem, vão fazer a multidão tirar o «pé do chão», está quase pronto. Há quem se banhe e quem namore no areal, aonde já vão sendo enterradas as primeiras flores-de-palma-de-santa-rita, de firme talo cilíndrico, comprido e verde, com folhas laminares e nervuradas. Estas flores podem geralmente ser de múltiplas cores, mas na praia é de branco que se apresentam em formato sedoso campanulado, duas a duas em espiga longa; representam uma oferenda a Iemanjá, deusa das águas na religião dos Orixás e não só, a julgar pela quantidade existente, algumas já beijadas e levadas num abraço do mar.

Combinámos neste local por ser aqui que vive agora Camila Vaz, afastada da televisão em Portugal, capa de jornais e revistas nos últimos meses «Apresentadora em fuga», «A anatomia de um segredo», «Onde andas, Camila?». As razões estão todas no escândalo de livro que foi *A Persistência da Memória*, escrito há um ano. As revelações íntimas, quanto à venalidade do seu corpo e mente, como que legitimada pela incapacidade de saber esquecer, naquilo a que apelidou de síndrome de memória superior, chocaram os leitores. A especulação em torno dos segredos que diz saber sobre meia nação e que tanta celeuma geraram na imprensa local, tornam-na uma entrevistada mais do que apetecível. «Que mulher é esta?» «Porque tantos gostam dela? E porque tantos a temem?» «O que há para descobrir numa mulher tão enigmática e com tantos segredos?» «Que perguntas serão as certas, para que percebamos uma mulher assim, se é que existem mais mulheres assim?»

IV

É a primeira vez que Camila aceita conceder uma entrevista depois da bomba rebentar e fá-lo somente após alguma insistência da minha parte. Dei como garantia que não estaria mais ninguém nesta sala para além de nós, que suspenderíamos a conversa se assim fosse a sua vontade e que o livro resultante deste diálogo deveria ter prévia aprovação da parte dela.

A pesquisa realizada faz-me acreditar que só uma pessoa conhece a mulher que está à minha frente melhor do que eu: ela própria.

«Lembro-me de tudo, com a nitidez deste instante. Confundo passado, presente e futuro no mesmo momento. Dentro de mim, toda a vida se agita num caos de olhos vendados e cada uma das recordações é desperta através dos sentidos, de perguntas ou com uma simples palavra.»

Acredito saber como reagirá em circunstâncias diferentes e que tipo de confissões se predispõe a revelar. Mesmo assim, uma mulher bonita, segura e sensual intimida mais do que um direto televisivo num fogo cruzado. Tememos soar ridículos na abordagem e sedução que toda a entrevista tem de ter.

«Ter-lhe-á o livro atenuado o peso que as memórias lhe trazem?» «Pode um livro fazer isso a uma pessoa?» «Podem as nossas próprias palavras mudar a perceção que temos de nós mesmos?» «Farei a entrevista certa para este momento da vida dela (a que não cheguei a fazer naquele dia, há tantos anos)?» «Conseguirei formular as perguntas certas para as respostas que quero obter?» «Serão as interrogações a produzir as respostas ou serão as respostas que trarão interrogações?»

V

Pressinto-a na porta com a timidez de quem se atrasou para a aula, embora o relógio marque a hora combinada.
– Posso? A porta estava aberta e fui entrando. Presumo que seja aqui a entrevista.
– E presume bem. Boa tarde. Como vai? – questionei.
– Tudo bem. Tratamo-nos por tu?
– Sim, claro – concordei –, somos praticamente da mesma idade.
É daquelas mulheres que são bonitas como se fosse de propósito e nos confrontam com a sua beleza. Trazia uma saia larga vermelha pelos joelhos, a fazer lembrar o papel crepe que embrulha as rosas. O cabelo estava solto a deflagrar pelos ombros desnudos, tinha um *top* que na compra lhe parecera branco, mas que, cheio pelas formas do tronco, fugia para o transparente; revelava ausência de *soutien,* o que, intencionalmente ou não, tornava evidente o contorno perfeito dos seios, expressivos e palpitantes. Foi como se os sentisse, tenros, frescos e dóceis, exatamente na medida geométrica das palmas das minhas mãos, num manuseio macio, em pele de bronze. Seios encarcerados à espera da redenção, de auréola larga e rosácea em que os bicos eretos cor de canela se exibiam e me apontavam, acusando-me de um crime sem defesa; pontada de anseio,

montanha de vida, passeio, duna, declive e vertigem, dádiva e oferenda dos deuses.

Notei que os seus braços se arrepiavam no contacto com a pele das poltronas frias, onde nos sentámos. Dispôs-se de um modo gracioso, que só certas mulheres têm. Apesar da pose estudada, pareceu-me confortável. De certa forma, aquela escolha de roupa talvez também dissesse que nada teria a esconder. Seria? Foi difícil que o olhar não me traísse, enquanto ela me fixava sem hesitações. Contudo, quando se distraía de mim e as respostas eram pensadas contemplando o candeeiro com pedras de cristal que pendia do teto, era naqueles dois pedaços de fantasia que os meus olhos repousavam, mesmo que por breves frações de segundo.

Liguei a pequena câmara portátil ao meu lado, de frente para ela, para que a entrevista ficasse registada (servir-me-ia apenas como recurso, caso fosse necessário).

– Tens sempre uma primeira pergunta?

– Na vida em geral ou em trabalho? – Devolveu a interrogação.

– Na vida. Em particular.

– «Porque é que isto é assim?» «Porque faz sentido que assim seja?» «Como seria possível ser outra coisa, que não aquela que é?» «O que está a acontecer aqui que não vejo?» «Qual a dose de verdade que existe na minha própria interpretação daquilo que estou a ver?» «Quem sou eu para estas pessoas?» «Como é que isto me pode ser útil?» «Onde é que eu poderia estar se não estivesse aqui?» – detalhou. – São tantas questões que talvez até deixem de o ser, porque se apoderam do meu modo de agir, tornando-me elas.

– E isso faz o quê por ti?

– Leva-me a racionalizar quase tudo o que me rodeia ou de que faço parte. Mesmos os disparates que possa cometer, tento racionalizá-los.

– E a desculpabilizá-los, de alguma forma?

– Não sei se a desculpabilizá-los ou simplesmente a entendê-los. Atenção, não é aceitá-los, é perceber que eles podem e têm de acontecer. A vida é uma ação contínua da qual fazemos parte, agindo. Mesmo uma inação é um modo de agir e traz consequências. Se temos a capacidade de olhar sobre nós, de discernir os nossos atos, isso deve significar que certas coisas não são inteiramente controladas por aquilo que entendemos como «eu». Caso contrário, teríamos plenos poderes.

– Isso leva-nos a... – interrompi o raciocínio, coisa que gosto pouco de fazer, mas ela ignorou e prosseguiu.

– Não sendo a ação da pessoa controlada pelo «eu», mas sim pela entidade que o forma e define, essa mesma ação pode ser resultado do que o «eu» não controla.

– Somos manipuláveis por nós mesmos, portanto?

– Somos manipulados pela ideia que fazemos de nós mesmos e pelas múltiplas variáveis que não controlamos e que têm razões biológicas, químicas, familiares e históricas.

– Bom, a conversa começa com alguma profundidade, mas não era bem por aí que eu pretendia ir, mas, já que fomos, prosseguimos. Queres beber alguma coisa?

– É uma pergunta da entrevista? – Riu-se. – Aceito um café. Cremoso, forte, encorpado, a ferver, cheio. Simples, sem açúcar, ao natural.

VI

Amor
Saudade

    Zulmira começou a trabalhar com sete anos junto às escadarias largas da igreja, na zona costeira onde nasceu. Ovar era terra de pescadores e de vendedeiras, casadas com estes. No entanto, para esta família, a vida, como os pés, estava assente na terra. O patriarca, lavrador de profissão e de herança – o seu pai já o era e o avô paterno também –, nasceu exatamente quarenta anos passados, nem mais um dia, da proclamação da liberdade dos escravos, lá bem longe nos Estados Confederados da América, se bem que isso lhe servisse de nada, subjugado pelo trabalho e pelo dever de alimentar oito bocas, se não contarmos com a sua, como tantas vezes não contou. As rugas pareciam esculpidas num rosto que a vida fez grave. Iletrado como a mulher, mãe de Zulmira, nascida no dia de Natal de 1908, nove anos mais nova que Humphrey Bogart, que ela nunca viu nem soube quem foi, e doze mais velha que Artur Agostinho, que ela viu e ouviu, não sabendo quem era. Quando Zulmira, magra, de cabelos em tranças como sempre gostou, de tez branca e rosto simétrico, boca fina, nariz aquilino e olhar como o dos pássaros na gaiola, completou o segundo ano, já o trabalho se vislumbrava no seu destino, como traçado terá sido por Deus Nosso Senhor, venerado todos os dias e mais ao domingo, como faziam todos os «pobres, mas honrados».

Zulmira era atrevida o suficiente para travar conhecimento com quem passava e vender pequenos vasos de flores, dispostos junto à igreja, na escadaria de empedrado, alinhados dentro de uma caixa de cartão, enquanto a mãe se ocupava de despachar leguminosas.

– «Olhe para estas flores, que é do mais bonito que há. Pode levar que vai gostar. Fica bem em qualquer lado. Está um sol tão lindo. Depois da missa passe aqui que eu guardo-lhe a mais bonita.»

Irmã do meio de uma prole de doze, nascida entre o cheiro de estrume do campo e o riacho que marulhava pela vegetação, aprendeu os algarismos, as letras e a juntá-las entre a primeira e a segunda classes. Depois, as exigências familiares levaram-na a colocar mãos e braços ao serviço de uma fábrica de celulose, onde com nove anos ajudou a carregar fardos de papel com cinquenta quilos: colocava-os na água, onde tinham de ficar de molho e, depois disso, retiráva-os do tanque com a ajuda de outras colegas. De seguida, o papel era estendido e devidamente apanhado após a secagem, para que se pudesse fabricar o papel pardo. Zulmira chegava à fábrica às oito da manhã, depois de uma chávena de café e um pedaço de pão. Percorridos quatro quilómetros gelados, apresentava-se ao serviço.

– Eu era atrevida e despachada e nunca me lembro do trabalho me ter doído. Ou melhor, doía mas era preciso ser feito e não tínhamos tempo de ficar em lamúrias. Ia sempre trabalhar, fosse aos fins de semana ou para fazer horas, oferecia-me sempre. Houve uma altura em que fui servir para a casa de férias de uma família que se tinha mudado para Lisboa. Era eu, a Cidália e mais um jardineiro, já homem, o Asdrúbal. Começávamos, nós as meninas, cada uma numa ponta da casa, de joelhos na tijoleira, com panos molhados a limpar o chão, que haveria de ser encerado, depois de seco. Enquanto secava, limpávamos o pó às mesas, cadeiras, pés da cama, mesinhas de cabeceira, bugigangas, berloques, caixinhas, crucifixos, havia tantos crucifixos, meu Deus, a senhora gostava que eu limpasse os terços com água e sal para limpar as impurezas, ficava tudo num brinquinho. E foi a filha de uma dessas senhoras que um dia, sem que eu suspeitasse, foi falar com a minha mãe.

Foi nessa conversa, tão simples, tida num final de tarde ameno de um inverno a despedir-se, em março de 1944, que a vida de Zulmira se redesenhou.

«– A Nina veio cá dizer que há uma senhora em Lisboa que precisa de uma menina como tu para trabalhar lá num lugar» (lugar era uma espécie de minimercado, onde se vendia de tudo).»

«– Eu quero, não tenho medo de trabalhar, como a mãezinha sabe.»

«– É em Lisboa.»

«– Quero ainda mais, mãezinha. Há tanto tempo que falam de Lisboa e eu nunca a vi.»

«– Não gostas de cá estar, filha?»

«– Gosto, mas assim posso ganhar mais dinheiro e ter as minhas coisinhas e é menos uma boca com que os paizinhos têm de se preocupar para dar de comer.»

Passada uma semana, pegou num saco de mão, que mala era coisa de gente que podia, com dois ou três vestidos, roupa interior e um único par de sapatos e foi levada pela mãe até à estação, onde o comboio com destino ao futuro a esperava.

VII

Era a primeira vez que ia viajar de comboio e não se atemorizou com o que lhe diziam os irmãos sobre um certo desastre três meses antes, no norte de Espanha, uma colisão num túnel em Torre del Bierzo entre um comboio de correio e uma locomotiva em manobras que fez mais de 500 mortos, embora as notícias «franqueadas» pelo regime espanhol apontassem para 78 vítimas. Em virtude da diminuição dos horários dos comboios, por força da guerra, que obrigava a que se racionasse também combustível, existia um só horário de partida de uma automotora, chegada ao país cinco anos antes – os mesmos que a Segunda Guerra já durava. Zulmira pouco sentia os efeitos do conflito que minava sonhos. A vida sempre fora de carestia. Olhou a mãe através do vidro embaciado pela respiração e retribui-lhe o aceno. Tocava no chão com a ponta dos pés calçados por umas puídas sandálias pretas com uma presilha de metal prestes a romper-se. As suas mãos pequenas e marmóreas, com arranhões recentes e alguns já encrostados, assentavam sobre o colo branco da saia pelo tornozelo. Ao seu lado, no banco, um ramo de flores do campo, colhido e adornado pela mãe, que ela deveria oferecer aos novos patrões mal chegasse a Lisboa, onde estes a esperavam na estação do Rossio. Na mesma carruagem, um miúdo com uns banhos de atraso e uma boina tinha faces rosadas sujas de preto como se tivesse passado por uma nuvem de carvão, roía um caroço de pêssego e baloiçava os pés de forma tão irritante que a mãe, cujo buço marcava a figura, lhe deu uma chapada na mão e um safanão, fazendo o caroço deslizar por baixo dos bancos, o que originou uma chinfrineira de choro durante uns bons minutos.

Zulmira fixava o ponto mais distante da paisagem e seguia-o, até se perder de vista segundos depois. Imaginava como seriam os patrões, se a tratariam bem, se gostariam dela, se seria capaz de fazer tudo o que lhe pedissem, se a deixariam brincar ao Carnaval. Não partia com saudades do que tinha deixado, pois não sentia que estivesse a deixar algo para trás.

Tudo é nosso, onde estivermos. O que nos é exterior é sempre resultado da forma como olhamos. Uma árvore é tão verde quanto aquilo que acreditarmos que seja, um amor é-o à medida do que sentirmos. Nunca houve na história amores que fossem mais do que aquilo que tivemos capacidade que fossem.

«– Estás nervosa?»
«– Não, estou desejando em chegar.»
«– És uma valente, tu. Nem uma lágrima na despedida. Fizeste-te assim forte, como os homens.»
«– Como os homens, porquê?»
«– Os homens é que têm a mania de que não choram. Alguma vez viste o teu pai a chorar?»
«– Não.»
«– Vês, lá está. E tu deves sair assim a ele, rija que nem uma casca de noz.»

Ou um caroço de pêssego, pensou.

Rosália, amiga da terra, empregada a dias, acompanhava-a nesta viagem até à capital, onde o ambiente era tenso. Meses antes, milhares de pessoas juntaram-se nas marchas contra a fome, em protesto pelas diminuições de salários impostas por Salazar e pelos racionamentos de comida, a que a Guerra (que terminaria um ano depois) obrigava. Tinha ficado encarregue de acompanhar Zulmira até a menina ser entregue aos patrões, que se assumiriam também como uma espécie de tutores. Mais de sete horas passaram até que o som da travagem no metal foi definitivo e a locomotiva suspirou.

No Rossio, em Lisboa, fazia corrente de ar como só no Furadouro em janeiro. Fora por timidez ou falta de atenção, desencontrou-se quem se esperava e quem era esperado e a menina, com o ramo de flores numa mão e um saco de roupa na outra, não teve nem sinal dos patrões, que a mãe havia descrito com poucos detalhes. Triste, com aquele tipo de desilusão que ocupa o vazio, Zulmira, apesar da presença de Rosália, sentiu-se como uma cria perdida no bosque, pela primeira vez sozinha na vida, no meio da multidão que exultava e chorava, consoante a hora fosse de chegada ou partida. Dormiu nessa noite na casa em que Rosália servia, em Alcântara, onde comeu uma malga de sopa de legumes e esperou que a dor da incerteza que lhe calava fundo passasse.

VIII

Uma entrevista, ao iniciar-se, é como uma carruagem que ganha velocidade na linha. Importa que ande, que tome o seu próprio ritmo. Camila sabe disso.

– É mais fácil gostar de ti ou não gostar?
– É menos difícil não gostar. – Respondeu. – Os defeitos sobressaem de forma muito mais imediata. As pessoas raramente veem qualidades onde pensam haver defeitos e quase sempre veem defeitos onde podem existir qualidades. E como tudo em mim está à vista – e de que maneira, pensei eu –, a possibilidade de me serem atribuídos defeitos sem que haja tempo de estes serem, afinal, qualidades, é enorme. A obstinação é arrogância, a simpatia decerto que é cinismo, a oportunidade profissional é compadrio e por aí fora. Já os defeitos serão, aos olhos dos outros, sempre defeitos: a estupidez não pode ser ingenuidade, a antipatia jamais será uma dor escondida e a vaidade não é outra forma de dizer insegurança.

Os cafés chegaram e esperei que o empregado saísse para continuar a conversa.

– Também gosto sem açúcar – disse-lhe.
– Do café?
– Sim, do café.
– Pois eu gosto de sabores fortes, que me aqueçam o paladar.

Olhei-a, tentando perceber aonde queria chegar com aquilo. Mas não consegui.

– Como foi a primeira vez que alguém gostou de ti, que foste amada por alguém que não aqueles que te eram mais próximos?

Camila deixou o silêncio tomar conta da pergunta e, olhando sei lá que imagens no vazio, viajou no tempo.

IX

Saudade
Memória

Só muito raramente Camila aparecia à janela, mas, quando isso sucedia, os cabelos esvoaçavam como se fossem a bandeira de um país, território por conquistar aquele que se dependurava e contemplava o nada que havia para contemplar, apesar do pedaço de mar que se avistava em dias de céu limpo por uma nesga entre os prédios da frente. Parecia sempre tão distante e despreocupada, negligente talvez, embora aquele admirador, na candura dos seus catorze anos, desconhecesse o significado da palavra, ou mesmo a existência de uma união no alfabeto que explicasse a inocência de quem não se sabe belo. E ainda assim, não era por ser bela que ele gostava dela, era por ela ser ela e não outra. Acreditava que fora feita assim, e não de outra forma, por pura intencionalidade do universo, à semelhança dos elementos criados à escala do planeta, que confluem por serem como são e não por conveniência. Parecia mover-se como se movem as coisas feitas à medida do mundo. Tal como o vento, pensava ele, que não se explica: sabemos o que é, sentimo-lo, mas não o explicamos a não ser com recurso à ciência, que torna tudo muito mais frio. Até o vento estival.

Ver é outra forma de sentir. E ele ficava a vê-la, lá de baixo, do jardim, onde ao final da tarde todos brincavam às escondidas. Uma árvore centenária servia de coito (era assim que se chamava o posto onde o escondido que não fora descoberto teria de tocar para se salvar). As meninas brincavam à barra do lenço na relva e os rapazes ao berlinde na terra, desde o outono até ao final da primavera, altura em que se dispersavam pelas férias, pela descoberta de amigos sazonais, pela praia ou pelos carrinhos de rolamentos.

Para quem não pertencia ao grupo das bicicletas, nem do *surf,* nem do futebol, nem da música, nem de nada que não fosse o estudo, as paixões eram mais violentas, por se mostrarem, e efetivamente serem, mais inacessíveis. Ainda assim, ele sonhava com ela e não perdia um segundo que fosse daquele vislumbre vespertino. Camila ajeitava a alça que se perdia do ombro sempre do mesmo modo, aliás como agora, e colocava os longos cabelos de boneca para o mesmo lado, o esquerdo, do coração, diriam os românticos.

Aos olhos dele, parecia-lhe que ela se encontrava sempre no mundo da lua, como diziam os professores na primária, e que somente por obra do acaso não se apercebia de que era contemplada tanto tempo quanto tempo existisse. «Em que pensaria ela?» «Pior do que isso, em quem pensaria?» «Estaria à espera de avistar alguém?» De todas as vezes que a via, o coração daquele miúdo disparava ao ponto de lhe parecer urgente arquitetar um plano. «Como chegar até Camila?» «Como lhe fazer chegar o interesse?» «E quão ridículo poderia ser aos olhos dela, arruinando todas as hipóteses de uma só vez?» Por outro lado, se nada fizesse, nada poderia esperar. Só talvez esperar que tudo ficasse na mesma. Mentalmente, procurava sinais naquele rosto que lhe alimentassem o sonho e a esperança. Não lhe saía da cabeça aquela conversa que tinham tido à porta do pastelaria do bairro, propriedade dos pais dela e na qual ele lhe ouviu a voz meiga pela primeira vez. Lembrava-se de todo o diálogo como se tivesse acabado de acontecer.

«– Olá, tudo bem?»

«– Olá, tudo.»

E foi isto, sem tirar nem pôr.

X

Camila só reparou naquele olhar embevecido num dia em que o sol já se tinha posto e todos os miúdos pareciam ter-se evadido em direção às suas casas. Ouviam-se talheres em trabalho conjunto, mães deixavam-se entrever pelas janelas de cozinhas; percebia-se o fumo e estralejar dos grelhados, aromas de refugados escapavam-se de outras casas, antes que a cebola se queimasse. Nos fogões de bico, lampejavam chamas por entre o óleo e gordura ressequidos. Um grito de discussão ao longe antevia um estore que não se fechou. O Mundo corria, nesse momento, a duas velocidades. Se visto do quarto de Camila, a habitual normalidade: um homem acabado de chegar do trabalho vigiava a rotina fisiológica do seu cão, o Artur que chegava na sua mota *DT* com a namorada agarrada como se fosse a sua mochila, um casal mais velho que já jantara a tempo de ir beber a bica e comprar um doce para a neta, isto enquanto os timbres bem colocados e graves dos telejornais ecoavam pela vizinhança. Visto lá de baixo, o mundo encarregou-se de parar por uns segundos, como é conveniente nestas ocasiões, tempo suficiente para Camila ser admirada uma vez mais ao colocar a cabeça de fora, espreitando por entre o cortinado.

«– Estás aí sozinho?»
«– Sim, já foram todos embora.»

«– Como é que é o teu nome? Lembro-me de já ter sabido.»
«– Sandro.»
«– O meu é Cam...»
«– Camila!»
«– Ah, como é que sabes?»
«– Oh, porque sei.»
«– Costumas ficar aí sozinho?»
«– Só às vezes.»
«– Os teus pais chegam mais tarde?»
«– Não, os teus é que chegam.»
«– Como?»
«– Quando os teus pais chegam mais cedo, tu já não vens à janela. Obrigam-te a fazer os TPC, não?»
«– Olha lá, como é que sabes essas coisas todas?»
«– Podes vir cá abaixo? Tenho uma coisa para te dar. Não andamos na mesma escola, senão até te dava lá. Eu já te vi uma vez, não te lembras? Ali na pastelaria. Até falámos (tirando todas as outras em que te olho cá de baixo – pensou em dizer).»
«– Pois foi, lembro-me, foste lá pedir um copo de água, não foi? Mas, olha, eu agora não posso ir aí abaixo, os meus pais não me deixam. O que é que tens para me dar?»
«– É uma carta.»
«– Para mim? Escreveste-me uma carta? Que giro! Sobre quê?»
«– Oh, depois vês. Assim não tem graça nenhuma. Posso ir dar-te à tua escada, não podes?»
«– Fazemos assim» – falou mais baixo «– vou abrir-te a porta da rua, sobes até ao meu andar e colocas a carta debaixo do tapete da entrada, combinado?»
Assim foi. Camila espreitou pelo monóculo, sentiu ternura pela ousadia daquele gesto apaixonado, percebeu que em relação a si ele seria mais novo, talvez dois pares de anos. Quando o ouviu sair do prédio, abriu a declaração.

A FÓRMULA DA SAUDADE

*Na minha casa cai água
Cai água sem chover
São lágrimas do meu olhar
Triste por te não ter*

*Gosto de ti porque gosto
Gosto de ti porque sim
Gosto de ti mas aposto
Que também podes gostar de mim*

Queres namorar comigo? Sim? Não? Talvez?

XI

— Na *Persistência da Memória* dizes, e passo a citar: «*às vezes acho que sou pelo menos duas: a mulher que os outros veem e a que se vê a si mesma.*» Muitas mulheres falaram desta tua passagem e da identificação com esta ideia. A minha pergunta são três: Onde está a verdade? Quem é de facto a mulher que está à minha frente? E que elementos e características são comuns à mulher que os outros observam e à que se vê a si mesma?
— A mulher que está à tua frente sou também eu e é também a que os outros veem. Eu não posso deixar de ser o que os outros convocam em mim, diria até que o que fica da nossa história é a forma como os outros nos olham. Não temos como não ser esses que nos dizem sermos, mesmo que no nosso íntimo possamos ser algo substancialmente diferente. Mas, respondendo à pergunta, ao ser essa que os outros veem, sou também o que se lhe opõe. Acredito que o ser humano é um animal comparativo, mas antagónico em toda a sua extensão. Estou a fazer-me entender?
— Continua, continua!
— O facto de não praticares o mal não significa que ele não exista em ti, porque só não pode existir o que desconheces, o que não tens de todo forma de consciencializar. Logo, eu serei

tão má quanto boa me conseguir apresentar, serei tão rebelde quanto mansa me obrigar a ser. A verdade não existe. Eu sou tudo, não somente a percentagem positiva das coisas que faço, mas também as décimas de maldade que evocar em mim. Esse fragmento, essas falhas tectónicas em cada um de nós, podem levar-nos ao abismo, é por elas que podemos cair e não é por serem grandes. É por serem, ponto. – Sorveu o café, já frio.

» Havia um professor que me dizia que as pequenas fendas afundam os grandes navios – continuou. – Um tiro desferido no peito de alguém pode ser uma fração de uma vida, um suspiro, mas será que podemos dizer que esse suspiro define toda a existência de quem disparou? Eu sou tudo o que existe. Tudo o que sou capaz. Sou a que se vê no espelho e a que se olha, sou a que tenta espiar a alma de quem me observa e a que abre as torneiras da sensualidade, da generosidade e bondade para que os outros me aceitem, para que gostem de mim. Se o meio em que eu me inserisse fosse violento, provavelmente eu sê-lo-ia com mais frequência, esse meu traço estaria mais latente, porque me aproximaria daquilo que os outros aspirariam que eu fosse. Se, ao invés de circular por um meio que vive da imagem, eu fosse apenas uma pastora da aldeia, as minhas vaidades seriam não as do rosto e dos cremes, mas sim a da satisfação de cumprir bem a tarefa que quem me chefiasse esperaria de mim, essa seria a minha ponta de orgulho silencioso e humilde.

***

» Serei mais sexual por viver num meio em que o prazer é poder? Também por isso, claro, mas certamente porque essa semente terá sido mais regada do que outras. Isto para dizer que é fácil chegar à conclusão de que talvez sejamos sobretudo aquilo que mais somos, o que não quer dizer que não sejamos o resto. Até o mais vil dos vilões pode ter salvado uma criança da morte, até o mais déspota dos ditadores pode ter perdoado a um inocente, assim como o mais benfeitor dos voluntários pode ser altamente desprezível para um idoso que vê tombar na rua.

» Eu serei a que se cala, mas a mesma que no seu íntimo saberia o que dizer, sou a que se molda às circunstâncias em função do que é mais importante naquele momento e serei a que os outros querem ver. As coisas que somos ou fazemos sem pensar são as mais naturais, porque nelas não reside a antítese. O caminho que leva a que um ato seja refletido faz-se, mesmo que inconscientemente, passando por uma possibilidade divergente ou distinta daquela que se toma. Daí que nas relações humanas nos adaptemos uns aos outros. Mesmo aqueles que se dizem senhores do seu nariz, estão a criar um pólo que lhes permite coexistir com quem consiga ser o oposto. Por isso se torna às mulheres mais cómodo seduzir um homem, porque é fácil convocar perante ele a imagem que lhe queremos causar – disse, convicta. – É, aliás, muito fácil seduzir um homem.

– É assim tão simples?

– Sim, seria muito fácil seduzir-te agora.

– E serias infalível?

– Uma mulher não precisa de ser infalível. Pelo contrário. Ao mostrar-se falível, titubeante, vulnerável na sua força, torna-se num rico objeto de conquista.

– Dizia infalível na prossecução dos teus intentos, mesmo que denotando fragilidades, mas já percebi. E como é que o farias? Olhar-me-ias com esse mesmo olhar ou conseguirias trazer aquele brilho de fascínio que as mulheres conseguem ter, quando se distraem ou quando se obrigam a isso?

Ouvi-lhe a primeira gargalhada, o que é sempre um ótimo combustível para a cadência da viagem.

– Tem graça, isso. Tens as mulheres assim em tão má conta? Não me digas que és daqueles homens que generaliza, como se houvesse um padrão para cada mulher ou para cada grupo de mulheres?

— Não, nada disso. Tenho as mulheres em ótima conta, mas não serias a primeira mulher que conheceria com dotes de... – não me deixou terminar.
— Ah sim? Fala-me disso.
— Vou falar, tem calma. Mas depois prosseguimos com o essencial, isto é apenas acessório.
— Isso é uma frase feita. Às vezes o acessório é essencial, se é que me faço entender.
— Acho que percebi. Bom, mas continuando: conheci uma mulher que me olhava como se olha para os deuses. Eu era muito novo, devia ter uns dezassete, dezoito anos e nunca ninguém me tinha observado dessa forma, tão faiscante. Ela ficava em silêncio a olhar-me, como se tivesse descoberto o sentido da vida. A ressonância daquele olhar perscrutante era como se me libertasse de todo o peso, de toda a responsabilidade e ao mesmo tempo me coroasse de um poder que desconhecia.
— Era uma mulher mais velha? – Quis saber.
— Sim, devia ter mais uns quinze anos do que eu. Teria trinta e dois, mais ano menos ano.
— Os adolescentes têm todos esse fascínio por mulheres mais velhas?
— Não sei se todos, mas muitos sim.
— É o Complexo de Édipo mal resolvido?
— Não sei bem o que é, mas é bom. Acho que é fazer definitivamente parte do universo dos crescidos, com um mundo de experiências fomentadas no imaginário, ali mesmo à nossa mão.
— Tipo parque de diversões?
— É como fazer parte do filme, prefiro ver dessa forma.
— E isso marcou-te?
— Marcou, como julgo que marca qualquer miúdo dessa idade, que ainda se encontre nessa fase inicial da descoberta do amor, do sexo, da posse, da desilusão, da perda. Não necessariamente por esta ordem. Porque é que estás a rir?

– Estava a gostar de olhar a tua cara ao lembrares essa mulher. De que te estás a rir tu, agora? Antes de um sorriso vem sempre uma lembrança.
– Lembrei-me de um episódio dessa altura que parecia perdido no tempo e agora, ao falarmos dela, me voltou à memória.
– Queres contar?
– Não sei se devo.
– Tens vergonha?
Camila, que entretanto se tinha descalçado e estava sentada em cima da sua perna direita, levantou-se da poltrona e desligou a câmara.
– Vá, conta lá. Já continuamos a entrevista. Também não há de ser assim nada tão extraordinário. Viste bem as coisas que eu contei no meu livro? Vá, estou curiosa – incitou-me.
– Bom, é preciso enquadrar os contextos e as circunstâncias, que são quase sempre tão importantes quanto o conteúdo: conheci esta mulher numa tarde quente de junho, ambos comprometidos com a ideia da ausência de compromisso, ela por opção de liberdade, eu por opção de descoberta, que sendo causas diferentes convergem na mesma consequência. Haveríamos de amar-nos sob o teto estrelado do céu de verão, sem a inibição dos olhares públicos que pudessem surgir. Uma mulher experiente, como já disse por outras palavras, é um catálogo de possibilidades que, para quem é mais novo, se torna um regalo para os sentidos. Por outro lado, é uma espécie de validação da maioridade e da virilidade, se quiseres (não sei se deveria ter dito isto ao olhar para a Camila, mas já está). Dá-se como que a passagem da juventude para a vida adulta, ao ver o prazer extenuado de uma mulher. Um prazer que o homem provocou com a ação do seu corpo ou, melhor ainda, que ela provocou, levando-os nessa viagem de fogo.
– Estou a adorar, continua – entusiasmou-se Camila.

XII

Saudade
Memória

— Ela tinha a particularidade – recordei – de não usar roupa interior. Nunca.
— É disso que te lembras? – provocou.
— Lembro-me e bem. Só *soutien* e nem sempre – disse, apontando irrefletidamente para Camila. – Não sei se sempre teria sido assim ou se fora uma febre influenciada pelo instinto fatal de Sharon Stone, o que é pouco importante, porque a verdade é que não usava cuecas e fazia questão de mo lembrar: a caminho de um restaurante num final de tarde, quando, a ferver por fora e por dentro, me agarrava pela mão e puxava-a até ela, garantindo assim que eu tinha a certeza da sua condição; durante um jogo de *snooker*, em que se sentava de frente para a minha jogada, com um copo de *whisky* levado à boca, enquanto o taco do jogo era seguro pela outra mão, no meio das pernas, que ela afastava lentamente, mostrando-se nua, fazendo o vestido subir pelas coxas e o meu olhar por toda ela.
» Numa ocasião, fomos jantar a um restaurante caro e ela fez questão de se produzir como que para uma festa de gala: vestido vermelho, um palmo dos meus acima do joelho, mais justo ao corpo só a própria pele. Tinha um decote robusto (tudo era robusto, aliás), a pele banhada a óleo como mandam as melhores pinturas, cabelo rebelde e solto, ainda molhado

sobre os ombros, pestanas espreguiçadas com rímel e lábios pintados de rosa e eu, pronto, eu lá ia de calças de ganga e camisa branca. O meu olhar como que a desculpava perante quem nos olhava de forma desdenhosa. Bebemos e comemos como justos, mas, mesmo aí, ela fazia sempre questão de lembrar a minha idade, preceituando-me que não me apaixonasse por ela, contanto que aparentava querer dizer o contrário. No fundo, sabia que o sexo não era argumento suficiente para suster alguém na pulsação dos seus dezoito anos.

» Quando voltámos a casa, de fala entaramelada, ébrios como perus, beijados e lânguidos, não era com método que os nossos corpos se tocavam, o elevador, espaço de fantasias, não foi mais do que o transporte à casa dela, onde me obrigou a sentar-me num sofá individual, à meia-luz, esperando por ela, sem fazer perguntas. Sentou-se depois num sofá semelhante ao meu, parecido com estes – notei – e estava descalça como tu, mas ainda vestida, de pernas afastadas em frente a mim.

– Ainda? O que queres dizer com isso? – Interrompeu-me Camila.

– Nada, desculpa, foi um erro de simpatia. É o entusiasmo do detalhe.

«– Hoje vai ser a nossa última noite, amanhã quando acordarmos vamos ser bons amigos, com uma história boa para contar, mas cada um segue a sua vida, combinado?»

«– Combinado» – apressei a resposta, não fazendo fé no que me dizia.

– Posto isto, mostrou o cacho de três cerejas que se sopesavam no seu dedo médio, percebia-as geladas quando mas passou pelos lábios e em seguida pelos dela, sorrindo com o ar de quem acorda com beijos. Recostou-se no sofá, compôs o vestido de forma solene, tapando as pernas o mais que pôde. Separou os pés um do outro, mas manteve os joelhos colados, acariciava as cerejas com a ponta da língua e desafiava-me com os seus grandes olhos negros. Quando me tentei chegar a ela, ergueu um pé à altura do meu peito, impedindo-me de avançar. Voltámos à posição inicial e aí recomeçou o ritual, mais lentamente do que esse tempo que o tempo leva a passar. Afastou os joelhos, permitindo que o vestido me provocasse a inveja de lhe subir pelo corpo. Na penumbra, o relevo de vivacidade num traço de brilho, parecia a luz da lua espelhada numa queda de água em forma de desejo concedido. Num gesto cerimonioso, ensaiado diria, fez descer as polpas macias seguras pelas pontas dos dedos de unhas do mais vermelho que alguma vez vi, e ao fruto bravo, carnudo, suculento, liso e submisso encostou as cerejas frias, tomando-lhes a temperatura em antagonismo, porque é de certa natureza que o corpo goste de opostos. Só ouvia o bater violento do meu coração, nela silêncio de bonança apenas interrompido pelas palavras arranhadas que proferiu.

«– Queres?»

XIII

O olhar de Camila mudou. A própria energia da sala parece ter-se alterado. Para melhor, quero crer. Levantei-me para voltar a ligar a câmara, mas ela segurou-me no braço.
– Espera. Não ligues ainda. Achas então que eu sou parecida com essa mulher?
– Acho que tens argumentos que ela também tinha. Mulheres como tu, sabem sempre tornar um homem num miúdo de dezoito anos, a olhar para uma nova fantasia. Mas voltemos ao essencial: o que aconteceu àquele miúdo apaixonado por ti?
– Continuou a espiar-me e a escrever-me cartas. Uma vez encontrei uma no correio e tinha dentro um pequeno fio com um coração em prata, coitado, não sei onde foi arranjar o dinheiro. Durante um certo tempo, dizia-lhe adeus quando ia à janela, fazia-me tímida e interessada, até que percebi que é muito perigoso brincar com corações ingénuos. As esperanças que lhe alimentava eram uma forma de amor para ele, enquanto que, para mim, apenas me mostravam que me tinha tornado num objeto de adulação de um rapaz encantado, não pelo que conhecia de mim, mas pelo que lhe era permitido ver. Esse sentimento, dava-me uma sensação de gratificação, numa altura em que as meninas precisam de sentir que tudo nelas está a seguir de acordo ou melhor do que a norma. Essa

adoração constante que eu fomentava ao não o reprimir, a mim só entretinha e a ele somente o destruiria – concluiu.

Voltei a ligar a câmara, tentando impor um tom profissional, dentro das possibilidades que a conversa encerrava naquele momento.

– O que é que as mulheres querem, afinal?

– As mulheres querem que os homens descubram e lhes mostrem aquilo que elas são, não o sabendo.

– ...

– A sério, acredito mesmo nisso.

– E conheces muitas pessoas assim?

– Que esperem isso dos homens?

– Não, que acreditem nisso?

– Ah não, não conheço. Mas acredito, porque o idílio comum que tem no rosário todas aquelas coisas: «que me compreenda», «que me ame», «que me respeite», «que me trate bem», «que seja responsável», «que seja um bom pai dos meus filhos», «que me seja fiel», «que me dê prazer», etecetera, não são mais do que expetativas superficiais de algo bem mais profundo e que a maior parte de nós morre sem decifrar, porque na verdade eu posso apaixonar-me por um homem que seja o contrário de tudo isso, que seja um bandido ou um banana só porque ele me descobriu em parte ou no todo, levando-me com ele nessa descoberta de mim mesma. E mesmo que eu não seja só aquilo que com ele descobri ser, apaixono-me por esse sentimento, ao perceber que me é confortável ser também essa. Acho que me estou a enrolar um bocado.

– Nem um pouco – apressei a continuação da resposta para que não se perdesse a vertigem de honestidade. – Quantas vezes já foste descoberta?

– Nunca pensei nisso. Vou sendo descoberta como uma peça de *puzzle* perdida, que alguém encontra e encaixa no sítio certo. Mas voltando à pergunta, e acho que isto é válido para homens e mulheres, o nosso amor pelo outro depende muito mais de nós do que do outro, ao contrário do que nos diz a sociedade e o senso comum. «Ah, apaixonei-me por ele, porque é muito inteligente ou muito bonito, ou ambos.» Seja de que maneira for, o que se passa fora da nossa cabeça é sempre uma interpretação nossa dessa realidade e não a realidade em si. As coisas só podem ser aquilo que temos capacidade para saber ou entender. Nós estamos permanentemente a conhecer o que acontece e a definir essas imagens por comparação com o conhecimento que já adquirimos, daí que a definição de beleza, inteligência ou carácter seja sempre uma interpretação nossa, que nos vai estimular consoante a nossa idiossincrasia e o histórico do nosso próprio comportamento.

– Mas depende só disso? Se assim fosse, apaixonar-nos-íamos por todas as pessoas com as mesmas características ao mesmo tempo, não?

– Sim e não, depende. Nós somos um processo evolutivo num corpo que não tem sempre de suprir as mesmas necessidades. Eu diria que o facto de não conseguirmos entender determinados sentimentos ou comportamentos, não quer dizer que os mesmos não sejam possíveis de ser racionalizados.

– E nesse caso haveria sempre uma explicação para tudo? Sem espaço para o insondável, para o irrefletido?

– Em minha opinião, sim. Tudo tem uma explicação, mesmo que não tenha.

– Agora baralhaste-me.

– O facto de não encontrarmos dentro de nós a explicação, não quer dizer que ela não exista; só que é, utilizando uma imagem banal, como uma peça de roupa específica que não se encontra no meio de tantas. Porque é que há mulheres com tendência para o mesmo tipo de homens e vice-versa, já te perguntaste? Porque é que há mulheres que parecem ter tendência para homens obsessivos, ciumentos, com sentimento de pertença perante elas? Sabendo elas a dor, muitas vezes física, que isso provoca? Não é por quererem reincidir. Provavelmente há

uma carência codificada nessas pessoas que lhes cria a necessidade de pertença a alguém, só que o abraço que dá o conforto de se sentir protegida é o mesmo que as sufoca. – A explicação veio acompanhada de um movimento em que afastou os cabelos todos para um lado, deixando descoberto o rosto e a zona tenra e apetecível do pescoço
– Intimido-te? – Disparou.
– Porquê a pergunta? Creio que não. Pareço-te intimidado?
– Não sei bem dizer, deixa-me olhar para os teus olhos. Não te vou perguntar o que dizem os teus olhos, está descansado.
Curvou-se, apoiando o cotovelo na perna elegantemente dobrada sobre a outra. Devo ter ruborizado, porque logo me senti incomodado com a análise que fazia de mim, mas creio não ter demonstrado incómodo. Sorri, como sorriem as crianças que escondem um brinquedo que os adultos não conseguem encontrar.
– Gosto de homens seguros de si, que parecem imperturbáveis.
– Obrigado.
– Não me parece ser de todo o teu caso.
– Não?
– Essa não é a resposta correta para um homem seguro de si, que pareça imperturbável. Para onde vamos agora?
– Como assim?
– Próxima pergunta – ordenou, num demorado abrir e fechar de olhos.

XIV

Amor
Saudade

A Travessa da Boa Hora à Ajuda situava-se num bairro de Lisboa com inúmeros traços típicos. Em tudo estas ruas e modos se assemelhavam aos demais e em tudo se distinguiam. Velhas senhoras falavam de uma rua para outra, com os sacos das compras pesados marcando-lhes como garrotes as mãos até deixar os dedos dormentes. Ainda assim, falavam sobre vidas íntimas, que eram públicas aos ouvidos de quem passava ou de quem vivia à janela de rés-do-chão a ver a vida que passa. Portas e janelas estreitas com ladrilhos de pedra debaixo de telhados remendados, por onde passavam umas pingas e uma linha de frio, paredes cimentadas sem pintura, erodidas pela chuva e pela idade, ao ponto de se verem as faces dos tijolos. Aqui e ali erguia-se uma janela de sótão. Os proprietários das caves protestavam com quem deixava lixo junto da sua janela tacanha que lhes trazia alguma luz e junto da qual circulavam os transeuntes e beatas de cigarros. No café da esquina, velhos nascidos no século anterior olhavam por baixo do chapéu para o jornal com palavras cruzadas e outras, menos cruzadas, com loas à governação e ação de Sua Excelência o Presidente do Conselho e seus apaniguados. Os prédios mais modernos, com dois andares, eram revestidos a azulejo e as portas, se de madeira, não tinham bicho nem tinta descascada, se de ferro, ainda não enferrujadas. Ao longo da estrada, várias lojas concorriam entre si, ainda que não fossem do mesmo ramo. Predominavam os «lugares», mercados ou mercearias, com tudo o que sempre há e sempre se procurará: fruta, legumes, carne, peixe, ovos, consoante as necessidades. Só nessa rua havia quatro desses espaços e ainda duas retrosarias, dois cafés, uma drogaria, duas floristas, um restaurante que servia cozido ao domingo, um endireita, que resolvia com mãos quentes, pó de talco e alguns cremes todos os problemas de entorses e restantes mazelas e cuja esposa resolvia o problema do buxo das crianças, quando estas, motivadas por um susto, um puxão, uma queda ou obra do diabo, ficavam com um nó na tripa que lhes tirava o apetite e trazia complicações intestinais que talvez dispensem explicação. Esta senhora pegava nas crianças pelos tornozelos, de pernas para o ar, e, com um ou dois esticões, o assunto ficava resolvido.

A pitoresca travessa, em que as mulheres tinham a força de homens, desembocava na Calçada da Ajuda, que descia em direção a Belém. Ouvia-se o elétrico, do outro lado, agarradas ao qual crianças de chapéu e calções pelos joelhos riam da travessura de andar sem pagar. Muitos entendiam a palavra «travessura» como sendo designativa das brincadeiras dos miúdos da travessa.

«– Afinal está cá a nossa menina!»

«– Olá, és a Zulmirinha, não és? Sejas muito bem-vinda, minha filha, que grande confusão ontem na estação, como é que nos fomos desavistar, meu amor. Vamos gostar muito de te ter por cá, filhinha. Anda, vou apresentar-te a toda a gente.»

«– Muito obrigada, minha senhora. O que importa é que já cá estou. Trouxe este ramo de flores para oferecer à minha senhora e prometo fazer tudo o que me pedirem.»

«– Como soubeste onde nos encontrar?»

«– Tinham dito à menina Rosália que o vosso lugar tinha o emblema do Belenenses e eu conheço o emblema do Belenenses, por isso foi fácil.»

«– Muito bem, que esperta que tu és. Olha que flores tão giras, oh Chica, vou pô-las já numa jarra. Dá-me cá esse saco para eu to guardar aqui dentro. Já comeste alguma coisa hoje?»

«– A menina Rosália deu-me uma peça de fruta e um copo de leite.»

Zulmira não fixou o nome de todos à primeira, com exceção dos patrões: Beatriz e Angelino, que toda a gente conhecia por Lino. Homem e mulher nascidos no final do século dezanove, mais velhos que os pais dela.

Ele, ex-guarda nacional republicano, calvo até às cãs, de barriga farta e voz de barítono, tinha-se batido por Teófilo na Primeira República. Contava-se sobre ele a história de que um dia, por infortúnio, matara um homem. A testemunha ocular identificava o autor do disparo com tal detalhe, que Lino seguiu o conselho de sua esposa e fez desaparecer o bigode farto de pontas enroladas que o caraterizava e safou-se. Na manhã da identificação, certamente terá ajudado – nisso acreditava Lino – que Beatriz tivesse ido rezar e ajudar à missa (logo ela que sabia os salmos como quem decorava a tabuada), rezando ao santinho padre Cruz, na Igreja da Memória, para que o futuro fosse aquilo que tinha sonhado, embora não tivesse sonhado mais do que que o futuro fosse apenas o que ela quisesse.

O futuro acaba sempre por chegar. Mesmo quando chega tarde.

XV

Ao entrar no mercado, Zulmira sentiu-se incomodada. Havia penas de galinha e pelo de coelho pelo ar e um cheiro fétido de peixe podre e vísceras de animal. O chão de cimento estava sujo pelo sangue e pela fruta esmagada. À porta do mercado, estavam os caixotes com os produtos para venda. Em cima de cada lote, um papel rasgado com o preço ao quilo escrito à mão. Mal chegou, assustou-se ao ver a morte de uma galinha às mãos de uma moça, que já devia ter uns dezoito anos e que veio a saber tratar-se de Constantina, uma das filhas do casal. Zulmira lembrou-se imediatamente de si, ainda miúda, em Ovar, quando a tinham de fechar no quarto para que lhe fossem omitidas as mortes dos animais. Aquele momento, a que assistira um dia por acaso, arrepiava-a só de pensar e confrontava-a com uma sensação de cobardia e meninice, com que só o medo e a morte nos confrontam. Por brincadeira e para impressionar a nova empregada que chegara ao lugar, Constantina soltou a galinha, já sem cabeça, que desatou a correr, saindo porta fora ao soar dos risos retumbantes e jocosos dos clientes habituais da casa e dos gritos assustadiços de uma ou duas senhoras e de Zulmira, que se afastara.

«– Alguma vez mataste alguma coisa?» – Perguntou Constantina, perante a lividez da jovem nortenha.

«– Moscas, melgas, formigas e mais nada que me lembre.» – respondeu, tímida.

«– Pois, habitua-te, porque isto é o pão nosso de cada dia.»

Nas bancadas havia coelhos enjaulados e cabritos presos pelo pescoço por uma corda, por entre os quais Zulmira se habituou a viver, mesmo tendo de pegar em galinhas, agarrá-las com força pelo pescoço, resistir ao bater de asas aflito que levantava penas e pó e com um só golpe, com um cutelo, separar o resto do corpo. Continuava a assustar--se ao ver o que restava da galinha correndo, exangue, até se esvair mortalmente, enquanto a cabeça ainda quente do bicho lhe ficava nas mãos, antes de ser atirada para um saco de vísceras.

Todos os dias em que trabalhou naquele mercado, e havia de fazê-lo mais de dez anos, a morte lhe passou pelas mãos. Fossem galináceos, cabritos ou coelhos, cujo método Zulmira aperfeiçoou de tal maneira que ficou incumbida da tarefa, que muitos observavam com atenção mórbida. O modo mais tradicional defendia que o coelho se matasse com uma pequena pancada no cachaço, mas como Zulmira receava não acertar devidamente e porque a inflição de dor continuada no animal poderia comprometer o sabor e a qualidade da carne, era o que se dizia pelo menos, começou a pegar no mamífero pelas patas e num gesto seco, frio e mortífero torcia-lhe o pescoço. Era instantâneo. O arrepio e o esgar repelente que sentia nos primeiros meses foi desaparecendo com a força do hábito. Só nunca conseguiu conformar-se com a ideia de encontrar crias, fosse qual fosse o estado de formação, quando lhes dava o corte fatal e os pendurava, espetando-lhes um gancho na pata para os esfolar. Os métodos não eram nem um pouco mais evoluídos, mesmo que os animais fossem mais nobres ao paladar. No cabrito ou no borrego fazia-se um furo da largura de um dedo numa das patas e por lá se colocava uma cana, pela qual Zulmira assoprava, de forma a que a pele do animal se soltasse. Em 1944 não se dizia muito, mas pensava--se que «alguém tem que o fazer».

– Nunca mais chega o Carnaval, gosto tanto de brincar ao Carnaval – suspirava Zulmira, por entre aquelas tarefas tão pouco recomendáveis, olhando para lá do futuro, de quem tem treze anos.

XVI

– No teu livro *A Persistência da Memória* falas da relação conturbada com a tua mãe durante a tua juventude.
– Sim...
– Percebe-se uma proteção da figura do teu falecido pai, interpretei bem? Ele para ti não tinha defeitos?
– Onde é que queres chegar com isso?
– É uma simples pergunta.
– Prefiro não falar sobre isso.
– Porque te é desconfortável?
– Porque prefiro não falar. Fizeste uma simples pergunta, eu dei-te uma simples resposta.

Aceitei a recusa de abordagem ao tema, embora tenha percebido que havia caminho a desbravar no assunto. Seria preciso criar condições para voltar a insistir. Mas não naquele momento.

– Voltando à questão da tua mãe, ela parecia ter ciúmes da relação que tinhas com o teu pai...
– Correto.
– De que forma é que isso hoje te assalta?
– Assalta na medida em que, ao trazeres o assunto, ele continua tão real e presente como o foi naquele tempo. Acontece que, embora a memória persista e cause dor, possuo hoje o que

não tinha na altura: mais vida vivida, mais ferramentas que me permitem olhar para o mal que me aconteceu.

– Mais ferramentas para perdoar?

– Não diria perdoar, diria antes resolver. Perdoar parece-me sobretudo útil para quem se sente culpado, para quem é vítima, acho que temos é de resolver, melhor dizendo, de nos resolvermos.

– De que forma é que se resolve uma dor causada por quem mais deveria cuidar de nós?

– Percebendo que não somos tão especiais para mais ninguém como somos para nós mesmos, que cada pessoa é um ser dotado de racionalidade, mas também permeável às circunstâncias. Ninguém nos pertence, nem os filhos, nem os pais, nem os amores. Da mesma forma que o facto de nos sentirmos pertença daquela pessoa não quer dizer que ela nos sinta da mesma forma. O sentimento de posse é tão pernicioso como o de pertença, porque coloca na outra pessoa uma carga que pode não ser capaz ou não querer de todo suportar.

– Era o que se passava com a tua mãe?

– Em determinada altura era o oposto, ela queria que eu crescesse à sua imagem e semelhança e bastou uma ruptura – quando eu a vi trair o meu pai – para que sua a autoridade fraquejasse e ela visse em mim o fator da sua fraqueza. Jogar ao amor traz sempre dor e derrota. Há quem jogue ao amor, quem se sirva do amor do outro para repousar no seu próprio interesse, para manipular a realidade em seu benefício, quem inflija a si próprio uma dor que doa mais a quem lhe quer bem do que a ele mesmo. Os jogadores absorvem dos apaixonados um amor servil, egoísta e calculista. Não deixa de ser amor, atenção, ainda que não o ideal. Neste caso, quem dá pressupõe estar a cumprir o amor que julga sentir, fazendo bem ao outro, enquanto que o recetor só se sente amado estando plenamente cumprido no seu exclusivo interesse. E há uma sensação de culpa provocada e intencional que quem serve verifica ao não ser suficiente para a pessoa que ama, por entrar em défice de amor perante o outro. Já ao outro, serve-lhe este sentimento de impotência e incapacidade, porque de alguma forma torna alguém refém do seu amor. Isto pode acontecer nas relações entre casais e, mais amiúde do que se pensa, entre pais e filhos. Foi desse peso que procurei libertar-me, ainda que não tenha a certeza de que o tenha conseguido efetivamente.

Camila fez uma pausa, inspirou fundo para repousar das palavras ou para as fazer repousar em mim.

» E a tua infância, como foi? – Questionou-me, como que a mudar de conversa.

– Como foi?

– Sim, do que te recordas mais?

– Estamos aqui a inverter os papéis de perguntas e respostas outra vez?

– Não sejas assim, conta lá. As perguntas que fazes não decorrem só da pesquisa ou do interesse que tens por mim. Também têm perguntas e respostas nelas incluídas, também provêm de algo. Sei como isso é. As questões não chegam em estado puro, decorrem sempre da sensibilidade de quem questiona, do interesse que a pergunta tem para quem a faz. Se a considerasses irrelevante, provavelmente não a farias, o que me leva ao início, se a consideraste pertinente ao ponto de a fazer é porque em ti há um passado que te leva a fazê-la. Para nós dizermos o que dizemos, é preciso que tenhamos chegado ao ponto de o fazer.

XVII

Saudade
Memória

No dia em que chegámos, a rua perpendicular à Avenida Principal estava praticamente interditada ao trânsito, embora por lá estacionassem um velho *Datsun* tapado com uma capa cor de rato empoeirada, um *Mini*, com a pintura a escamar, dois *Fiat* em estado de decomposição, um *Citroën AX* verde metalizado, uma carrinha de caixa aberta e outra de mercadorias. No chão, estavam desenhados a giz seis enormes quadrados, três de cada lado, entrecortados por corredores; os «ladrões» tinham de passar de uma ponta à outra e regressar, só podendo andar por dentro dos quadrados, saltando os corredores, aonde estavam circunscritos os «polícias», bastando a estes tocar no «ladrão» para o eliminar do jogo. Se pelo menos um dos «ladrões» conseguisse ir e voltar de um lado ao outro sem ser apanhado gritava «sirumba», essa equipa ganhava e o jogo recomeçava. Se, porventura, a carga policial fosse eficaz, os «polícias» passariam a ser «ladrões». A Sirumba, percebi mais tarde, era o único jogo de rua que os juntava a todos em tardes quentes de sombra que, não tendo banda sonora, quando evocadas têm-na sempre.

Pudessem os nossos momentos felizes ter banda sonora, quando recordados, e a vida seria uma canção.

«– Toquei-te!»
«– Não tocaste nada!»
«– Foi de raspão, mas toquei-te.»
«– Na *t-shirt* não vale, tens de tocar em mim.»
«– Não sei de nada, 'tás fora!»
«– 'Ganda batotice!»
«– Queixa-te 'ó Totta!»

   Enquanto espreitava numa esquina, de calções de bombazine pelos joelhos e *t-shirt* dois números acima, comecei a aperceber-me dos personagens da rua e a tentar decorar-lhes os nomes. Registei os que davam mais nas vistas de uma assentada: Cenoura, a quem tratavam por cientista maluco, Canina, Cobainas, Jordas, havia também o Edu, que picava formigas com alfinetes e cortava o rabo das lagartixas e era o «crânio» dos mais novos lá bairro, e ainda o Tique Taque. Este chamava mais a atenção do que todos os outros: moreno e gordinho, as calças sobejavam das pernas e eram calcadas pelos ténis da *Redley*, muito em voga na época. Tinha tantos tiques nervosos que até o seu estado normal parecia um tique: piscava muito os olhos, dava permanentes cabeçadas no ar, por causa da franja, que por acaso ele nem tinha. O relógio sensação da *Casio*, com cronómetro, era ajeitado no pulso com minúcia. Tinha as unhas roídas e os calcanhares batiam um no outro como se fosse por obrigação. Espaço à sua volta, tinha-o de sobra, uma vez que aquele vício de atirar para o chão pequenas cuspidelas, mais rápidas que o processamento de salivar, tornavam o terreno que pisava zona interdita aos mais impressionáveis. Era bom moço, o Tique Taque, mas não fosse ser o único da rua a ter um Game Boy e ninguém aguentaria os estalidos constantes com o céu da boca e as fungadelas em cada frase. Foi o primeiro a aproximar-se de mim com toda aquela pantomima indecifrável.
   «– És (tup) novo (tup) aqui? (Tup tup)»

«– Sim, mudámo-nos hoje, moro no vinte e seis» – afastei os pés das cuspidelas, concedendo-lhe margem de lançamento.
«– (Tup) Anda, vou (tup) apresentar-te ao resto (tup) da malta.»

* * *

Numa certa tarde, eu, o Canina e o Cobainas escondemos nas mãos uma moeda cada e fomos para junto da linha do comboio. O plano era colocar as moedas em cima da linha e esperar que as rodas metálicas as espalmassem. A luz ao fundo do túnel nem sempre é esperança, às vezes pode ser um comboio em contramão, disse-me o amigo Zé noutro contexto. Quando o comboio se avistou ao fundo, as moedas já estavam suadas de tão fechadas nas nossas mãos. Colocámo-las na linha quando o monstro de ferro estava a uns cento e cinquenta metros. Quanto mais se aproximava, mais aqueles enormes faróis, parecendo olhos, aumentavam de tamanho. O insistente soar da buzina fez o coração disparar ainda com mais força. Deixámos lá as moedas de forma a arrepiar caminho para a vegetação na margem, de onde apenas sentiríamos a força do vento que o comboio provocava ao passar. Quando me apressei a fugir, o atacador tinha ficado preso numa fagulha das tábuas velhas.
«– Anda, corre!»
«– Não consigo, puxa-me», supliquei ao mesmo tempo que me agachei e tentava puxar a perna, como se esta não me pertencesse. O comboio estava já a menos de cem metros, a buzinar freneticamente e aqueles olhos cada vez maiores. Numa proximidade que na altura me pareceu apenas a de uma unha negra, o ténis esquerdo ficou lá e eu deitado na margem, sentindo aquele sopro quente assustador que me definiu o medo como um seguro de vida primordial.
«– Juro que nunca mais me meto numa destas.»

«– Não se jura em desespero, nem se promete em euforia» – outro ensinamento do mais velho de todos nós. O Zé era como que o guia espiritual do grupo.

«– Sabes – confessei-lhe um dia – às vezes gostava de morrer só para ver como é que é, quem é que estaria no funeral e como se choraria a minha morte.»

«– Não digas disparates, nenhum pai deveria sobreviver ao seu filho, quem morreria não eras tu, seriam eles, não há pior do que a morte em vida. E também, do que te adianta pensares nisso?»

Há pensamentos que às vezes nos toldam, colocando as hipóteses à frente dos factos, como se às circunstâncias nos tivéssemos que vergar, sendo outros que não somos. O problema do conhecimento é que gera sempre mais perguntas do que as respostas que existem para dar. Havendo desconhecimento não há questões sobre hipóteses que não sabemos existirem. Há coisas que são apenas aquilo que são e, quanto mais nos detemos nelas, menos nos demoramos na partida para o futuro.

«– Hipótese é uma coisa que não é, mas que a gente finge que é para ver o que seria se fosse.»

«– Tens razão, amigo.»

XVIII

Calças de ganga rotas, argola na orelha esquerda e cabelo comprido indicavam uma devoção à música *rock*, nomeadamente aos Nirvana e ao vocalista, Kurt Cobain. Assim era o Cobainas. Dificilmente se separava do *Walkman* e de um caderno de escola enrolado e guardado no bolso de trás das calças. Era nele que escrevia a suas deambulações musicais, sobretudo em língua inglesa. Gabava-se de ser dos primeiros do bairro a conseguir televisão por satélite, fruto de um conhecimento do pai, que fazia esse tipo de ligações. Com isso, tinha acesso à MTV e aos *videoclips*, que para a maioria, com alguma sorte, só passariam uma vez por semana num sábado à tarde. Com uma viola comprada com a soma das mesadas, arranhava umas notas e entoava, em plena mudança de voz, o «More than words», dos Extreme ou a última dos Gun's. As miúdas ficavam pelo beicinho. Não todas. Havia aquele trio que não saía de casa da Filipa, que era claramente a mais mimada e abastada, ou menos pobre (a designação assenta melhor desta forma). Havia a Sara, mulata, atrevida e desbocada, de cabelos quase até depois do fundo do mais fundo das costas e a Vanessa, já com corpo de mulher aos quinze anos, o peito crescido e o rabo proeminente nas calças de ganga apertadas a fazer vincar todos as formas do corpo, mas complexada por ser a mais baixa. A Filipa destacava-se por ser magra e ter os olhos verdes de um gato persa. As tardes eram passadas a experimentarem várias peças de roupa, a maquilharem-se com os produtos da mãe da Filipa e a tirarem fotografias umas às outras com uma máquina das mais modernas, em que um rolo de trinta e seis fotos dava para um mês. O sonho, ainda por concretizar naquela altura, era poderem ir ao centro comercial sozinhas durante uma tarde inteira, planeada ao detalhe: conseguirem almoçar na hamburgueria, atolarem-se de pipocas com um qualquer filme romântico e ainda travar uma passa de cigarro para impressionar os rapazes. Trancadas no quarto para que a mulher-a-dias não as bisbilhotasse, ensaiavam beijos em frente ao espelho.

«– Olha, fazes assim, faz um "o" com a mão, isso, agora encosta a mão à boca e mete a língua lá dentro, agora vais mexendo a língua devagar. Não custa nada, vês? O mais difícil é o primeiro, depois habituas-te. Nunca beijaste o João?»

«– Não, não fui capaz. Ele é bem querido, mandou-me bilhetinhos e tudo, mas é tão "feinho", coitado, não consegui. Agora, imagina que era uma curte com o Rui, tenho bué de medo de não saber como fazer, o que é que eu faço se ele meter primeiro a língua dele?»

«– Mexes na língua dele com a tua.»

«– Ai que confusão.»

«– Não é nada, olha aqui como eu vou fazer no espelho. Metes os lábios nos dele, assim, e depois metes a língua de fora.»

«– Olha aí, estás a lamber-me o espelho todo, que ganda maluca.»

«– Então, não queres que te ensine? Queres que te mostre como é? Posso beijar-vos.»

«– Nem penses, alguma vez eu fazia isso?!»

«– Por mim é na boa.»

«– A sério?»

«– Ya, qual é o mal? É como se fossemos irmãs, isto não é o *Nove Semanas e Meia*, ou que é que julgas? Isso lá é que é a sério. Vá, anda cá.»

«– Faz lá, então. Inclino a cabeça para que lado?»

Sara agarrou com as duas mãos na cabeça da amiga, os dedos infiltraram-se pelo cabelo e ao aproximar-se sentiu o hálito seco de Filipa, que fechava os olhos com a mesma força que fazia para ver o *Jack, o Estripador*. Os lábios encostaram-se e os de Filipa fecharam-se como se tivessem medo, não deixando a língua de Sara atravessar.

«– Então?» – Murmurou entre dentes – «Abre a boca» – riram-se as três, até que Filipa cedeu.

Sentiram ambas o toque macio e quente da língua durante dois segundos que pareceram uma eternidade. Esfregaram a boca com a palma da mão como que a limpar os vestígios do delito.

«– Beijas bem. Digo-te já, beijas melhor que muitos rapazes.»

«– Oh, 'tás a falar a sério?»

«– Mesmo. Vais ser a rainha dos beijos da secundária. Se andássemos na escola do "Já Tocou", até o Slater andava atrás de ti. Quanto à inclinação da cabeça, "no problem", vês para que lado é que ele mete a dele e deixas ser ele a conduzir. Depois, vais ver que ele vai mudando de lado.»

«– Eu tenho medo é dos dentes. E se os dentes começarem a bater, o que é que se faz?»

«– Tentas não fazer o mesmo movimento. Dás só beijinhos nos lábios e voltas a começar.»

Havia tardes menos experimentais, em que apenas estudavam para os testes, faziam os trabalhos de casa e ouviam música, mas aquele dia ficou-lhes marcado durante algum tempo. E uma delas, nunca soube qual, de certeza que se «chibou». Por isso é que cada segredo só deve ser partilhado com uma pessoa, ao descobrir-se sabemos sempre quem foi.

«– Aquela mulata (tup) de cabelo (tup) comprido e calções de ganga (tup) joga (tup tup) bué bem à bola e basquete – explicou o Tique Taque – e, quando quiseres, dizem que ela (tup) ensina a dar altos linguados. (Tup)»

«– Ensina a dar linguados?»

«– Ya (tup), não querias, não? Quem me contou foi (tup) o Jordas, que é aquele ali (tup) com a camisola dos Chicago Bulls (tup), mas não digas nada.»

«– Claro que não, achas?»

«– As miúdas aqui são quase todas umas parvinhas. Só querem ler a *Bravo* e essas revistas que trazem *posters* e coisinhas dessas. Nem é bem ler, porque a *Bravo* que elas têm é toda em alemão. Recortam as fotos para colar nos cadernos e estão sempre a falar de roupas de marca e umas das outras. Ah e aviso-te já, só ligam aos rapazes mais velhos que já têm mota e cabelo comprido. Escrevem-lhes cartas de amor e depois têm vergonha de as entregar» – protestava. Apaixonavam-se como acontece na vida adulta, viam neles as qualidades com que sonham, muitas mais do que as qualidades que eles tinham. A rebeldia, acreditavam, era reflexo de méritos secretos e preciosos, com que os tímidos sempre reclamavam.

***

Era um bairro comum do subúrbio de Lisboa, rasgado por uma avenida, que se estendia paralelamente com a linha do comboio. Desde o primeiro dia que gostava de me pendurar no varandim daquele segundo andar esquerdo, a ver passar os comboios e o cocuruto dos vizinhos, que chegavam com a mala do trabalho, com os sacos das compras ou com a bilha de gás ao ombro.

Ao invés dos caminhos de aço por onde o futuro progredia num horizonte de perder de vista, a avenida terminava num monte de ervas – azedas, espigas e veredas de terra, com pó no verão e poças de lama no inverno. Como se dois futuros se apresentassem em linha reta, um deles finito, mais real, mais óbvio mas também mais certo e seguro. O outro incerto, desenhado por linhas tortas.

XIX

Amor
Saudade

Em casa de Zulmira há uma velha fotografia emoldurada do festejo de Carnaval com que sempre sonhou. À esquerda, está uma mulher de cabelo apanhado e boina, tem uma gravata escura sobre camisa branca, um *pullover* ainda mais escuro e um fato de fazenda. O bigode faz lembrar o ator António Silva e a parecença faz sentido pois ao seu lado está um autêntico Vasco Santana, do *Pátio das Cantigas*. Tem a camisa de fora e uma almofada a criar barriga. Há uma enfermeira, com uma bata branca e um chapéu a condizer, atrás da qual está um bombeiro, com vastas sobrancelhas e dentes amarelos (que não eram disfarce). Há sete crianças sentadas no chão, algumas vestidas de camponeses, com lenços enrolados à volta da cabeça e camisas em xadrez de cores garridas, outras há que não se mascararam e usam a mesma blusa do dia anterior, com gola rendada abotoada no pescoço e que era mais alva antes das brincadeiras. De fato e gravata, lá atrás está um homem mais velho que parece não ter tirado a máscara do dia a dia. Continua sem bigode e denota um olhar vigilante, com o orgulho de quem tem o poder de conceder folgas e, com isso, felicidade. Há peixeiras, polícias, cozinheiras, todos vieram ao casamento das duas figuras centrais na foto: o noivo, de bigode pintado e fato acima da medida, porque não havia fato de homem para tamanho de senhora, e a noiva, presume-se que já casada, com um ramo de flores na mão, toda de branco, como é dos bons costumes, véu e grinalda, lábios muito pintados e faces também rosadas. Antes de se terem juntado todos para a fotografia, andavam pelas ruas como quem se casa, como quem vende peixe, como quem procura a diversão no que de mais puro a vida tem. Todos voltavam a ser crianças por um dia, como todos os dias todos o desejam por um momento.

XX

Saudade
Memória

O verão parecia ter o tempo de uma vida inteira e as aulas traziam o prazer do reencontro com os amigos no final de tarde. No café do bairro, os velhos jogavam à moeda encostados ao balcão dos bolos ou às cartas nas mesas do canto. Dividiam-se entre os da cerveja e os do copo de vinho tinto, branco ou de mistura, acompanhavam com amendoins, pevides e tremoços. Saíam normalmente pelo próprio pé, ainda que trocado.

No cabeleireiro, as senhoras armavam o cabelo e pintavam os lábios como se houvesse espetáculo. Comentavam as revistas com os casamentos do momento e os novos programas das televisões que acabavam de chegar.

«– Viste aquele programa com as mulheres todas nuas, um italiano? Que horror.»

«– Aquilo é um deboche, valha-me Deus, o Tó é que à sexta-feira não quer outra coisa.»

«– Imagino lá em casa, Adelaide, deves andar num virote.»

«– Não me posso queixar, filha, não me posso queixar. Oh pá, mas não queiras saber, agora o meu miúdo é que apanhou piolhos lá na escola, vê lá tu, já lhe comprei *Quitoso* e tudo, mas acho que aquilo não está a fazer nada. São os miúdos das barracas que lhes pegam a bicharada, pois 'tá claro, eles brincam todos uns com os outros. Até já me disseram que se calhar o melhor é rapar o cabelo.»

«– Ai coitadinho, quando vier o inverno, vai apanhar tanto frio naquela cabeça.»

«– O cabelo cresce, mulher. Se tiver que ser, o que é que eu hei de fazer? Pior está a Odete, que vive ali por cima da mercearia, parece que a filha dela anda metida na droga.»

«– Na droga? A sério? Uma miúda que cresceu aqui connosco, tinha sempre tão boas notas na escola, pelo menos era o que a Odete dizia.»

«– E tinha, porque o meu André chegou a namoriscar com ela e iam lá para casa fingir que estudavam. Fechavam-se no quarto e aquilo é que ia para ali um estudo, nem queiras saber. Punham-se a ouvir a Rádio, aquela que é dos brasileiros ou lá que é, "Cidade" parece, e ninguém dava por eles. Estudar é que tá quieto, oh preto.»

«– Olha lá do que tu te livraste, mulher. Isso anda para aí uma gente. É o que eu digo sempre, o que os estraga são as companhias. Começam com umas passitas e depois, quando dão por ela...»

«– Isso é uma contingência.»
«– ...»
«– Sabes o que é uma contingência?»

Entretanto tinha saído do cabeleireiro. Não tinham trocos da nota de quinhentos escudos que queria trocar para comprar cromos. Fiquei a falar com o Zé, mesmo à beira do campo de futebol.

«– Uma contingência é quando alguém, ou melhor, é quando alguma coisa não acontece, aliás acontece. Não, não sei o que é» – resignei-me.

«– Se eu me atirar ali de cima do terceiro andar, posso morrer, mas também posso não morrer. É uma contingência, percebes?»

«– Não, mas acho que sim.»

As conversas com o Zé raramente não levantavam questões filosóficas. Típico menino bem-comportado, atinado, estudante de Medicina. Ter vinte anos para quem tem doze, como eu tinha, transformava-o num sábio. Ele era também para todos nós uma figura enigmática, não se sabia muito da sua vida, a não ser que era o melhor aluno do curso, que quando jogava à bola o seu suor fazia um V na camisola e que se tornara popular no bairro por explicar aos miúdos termos técnicos trazidos da medicina ou levantar as questões mais complexas, para as quais seria impossível termos conhecimentos. Tentávamos espiá-lo quando a namorada o visitava lá em casa, mas ela nunca saía de lá antes de termos todos de regressar às nossas casas. Estar ao pé dele fazia os frágeis sentirem-se poderosos. Era o verdadeiro líder moral do bairro.

«– Ouviram a maluca ontem à noite?» – Escarneci, junto do grupo.

«– Qual maluca?» – quis saber ele, tão pouco sabedor da vida rotineira das ruas onde morava.

«– Não ouviste? Ah, pois, sempre a estudar até às tantas» – dei-lhe uma cotovelada – «ou a namorar, não é, seu artista?»

«– Não sei do que estás a falar, puto.»

«– 'Tá bem. Há uma maluca que de vez em quando aparece a cantar aqui no meio da rua, com um vestido muito sujo e roto, assim todo às flores, veste sempre o mesmo, e o cabelo assim meio louro, todo despenteado. Nunca viste? Mete cá um medo. Tens uns olhos verdes muito esbugalhados e um grande espaço entre os dentes. Quando alguém passa por ela, ri-se e começa a correr na direção dessa pessoa. Não se sabe de onde é que aparece, nem desde quando, porque ela não fala com ninguém, mas começa a dançar sozinha, a rodopiar e a cantar: "de quem eu gosto, nem às paredes confesso e até aposto que não gosto de ninguém"»

«– E vocês têm medo?»

«– Eu tenho.»

«– Porquê? O que é que achas que ela te poderia fazer, se te apanhasse?»

«– Eu sei lá, mas não é preciso saber de que é que se tem medo quando se sente medo! Tenho medo e pronto. De que ela me faça mal. Tu não tens medo de nada, queres ver?»

«– Tenho medo da dor.»

«– Grande coisa, isso temos todos. Mas de que dor? Uma qualquer ou dessas com nomes esquisitos, que tu inventas?»

«– Que dores conheces tu?»

«– Dor de cotovelo» – riram-se da minha piada. – «Lá em casa dizem que é a pior. Olha, já sei, a dor de ficar esfolado nas pernas e nos braços, a dor das reguadas na mão que a professora me dava na primária, a dor das belinhas e calduços quando cortamos o cabelo – lá na escola, quando alguém corta o cabelo toda a gente lhe dá três calduços, alguns são com cada força. E as pisadelas, quando levamos ténis ou sapatos novos, os colegas dão três pisadelas, imagina quando levam aquelas botifarras à *cowboy*, dessas da moda. Por acaso nunca andei à porrada, mas um colega meu levou um murro e o olho ficou todo inchado, aquilo deve ter doído.»

«– Não tens medo de mais nada?»

«– Dantes tinha medo dos pretos e dos ciganos.»

«– Dos ciganos e dos negros?»

«– Porque é que dizes negros? Pretos não quer dizer o mesmo?»

«– É menos ofensivo.»

«– Não acho nada. E quem me ensinou isso foi o Jorge, toda a gente para gozar com ele lhe chamava preto e ele começou a chamar-lhes branco, tipo "cala-te, oh branco", "oh cor de creme" e aquilo funcionou.»

«– Mas porque é que tinhas medo deles?»

«– Porque eles roubam-nos e batem-nos. No outro dia, apareceram aqui no campo da bola e assim sem mais nem menos começaram a bater-nos. Já alguma vez foste roubado? Dá uma raiva, é uma sensação de impotência, o choro parece que transborda nos olhos, e aquele risinho do assaltante que sabe que é mais forte do que nós e que portanto não podemos fazer nada. Esse poder de roubar e de gozar com o roubo na nossa própria cara é terrível.»

«– Mas agora já não tens?»

«– Tenho medo de ser roubado, mas não exclusivamente por determinadas raças. Não é a raça que faz o homem, mas sim o homem que faz a sua própria raça. O Jorge, por exemplo, é um dos meus melhores amigos e comecei por odiá-lo porque me rebentou um balão de água na cabeça, mas fê-lo para que eu não me amedrontasse. Acredito que também não deve ser fácil ser olhado com desconfiança só por se ser quem se é. Quando às vezes vou com ele para a escola, vejo os miúdos com medo, só por causa de ele ser preto. Se não se tiver educação, como ele tem, é muito fácil fazer da injustiça raiva e ódio, depois.»

«– Estás feito um homem, sim, senhor» – elogiou o Zé. – «Ainda sobre a "maluca", como lhe chamas, as dores do corpo passam quase todas. Piores são as dores que não passam e que tu ainda não sabes que vais ter. Há dores que te vão aparecer sem saberes de onde vieram: quando tudo está bem e nada está bem, quando te apetece desistir de seres quem és, a dor da perda de alguém, a dor do remorso, sabes o que significa remorso, não sabes? É quando o passado corre à nossa frente e vamos atrás dele com a ânsia de apanhá-lo e pintá-lo de outra cor.»

(Pintar o passado de outra cor, não sei se percebi, pensei na altura.)

«– A dor da saudade» – acrescentou.

«– Da saudade?»

«– Talvez a "maluca", como lhe chamas, tenha uma saudade tão forte que a estilhaçou por dentro. Sabes o que é a saudade de quem perde alguém que ama mais do que a si mesmo? Muito cuidado quando olhamos o outro sob a nossa perspetiva. Aliás, nós olhamos sempre sob uma perspetiva e essa está sempre errada. Teríamos que ter nascido o outro para saber o que sente, e porque sente.»

«– A saudade dói?» – Questionei-o.

«– É a mãe de todas as dores. É uma falta de nós, uma incompletude de nós mesmos. A saudade é a inconsequência da vida, é a frustração, o não ter tamanho suficiente para se chegar aonde se quer, é não ser bom o suficiente para ter tudo o que se merece, não ter a glória da satisfação permanente. É não conseguir. Saudade é o que somos, mais do que aquilo que fomos.»

Eram conversas como estas que nos faziam rodeá-lo quando ainda não havia jogadores suficientes para a «jogatana». É curioso que ele também tinha a particularidade de estudar para os exames de Medicina enquanto jogava à bola connosco. Atirava-nos as perguntas e desembocava a resposta, fiel reprodução do que tinha estudado: «Qual é a diferença entre o sangue venoso e o arterial?», «O que é a fosforilação oxidativa?», «Onde se situa o músculo esternocleidomastóideo?», «Fala-me sobre hipertricose, onicogrifose ou mesmo sobre o que pensas em relação a salicismo» ou «Qual é a diferença entre a ponte Safena e a angioplastia?». Das respostas, de que não me lembro, recordo que nos ríamos com a rapidez com que as debitava. Nos dias em que aguardávamos que a chuva terminasse de enlamear o campo barrento, que depois se colaria aos ténis para desespero de quem os lavaria, sentávamo-nos todos debaixo de uma varanda ao abrigo de perguntas, quase todas sem resposta, que perduram no tempo:

«Imagina que estás a nadar em alto-mar e estão duas pessoas a afogar-se. Uma delas é a tua mãe e a outra é a detentora da cura para o cancro. Quem é que tu salvas?»

«Imagina que tens oportunidade de salvar da morte uma criança e que és a única pessoa a poder fazê-lo. Salva-la? E se essa criança se chamasse Adolf Hitler, salvá-la-ias?»

«Sabiam que há um pote de chá a girar em torno do Sol e que isso é tão real como a existência de Deus? Contudo, é pequeno demais para ser visto com os telescópios que existem. Talvez não acreditem, mas se isso viesse escrito em livros antigos e vos fosse ensinado como verdade absoluta ninguém poria isso em causa. A dificuldade de desmentir uma hipótese não torna esta verdadeira. Compete a quem acredita nela provar a sua veracidade. A teoria é de Russel, não é minha, mas isso chega-vos para provar a inexistência de Deus?»

XXI

A saudade resgatada foi-se transformando, de forma cada vez mais viva, no mote da entrevista. O ateísmo do Zé, relatado com o entusiasmo que coloquei nessa viagem ao passado, incomodou Camila, que mesmo assim se interessou perante a ausência de respostas para perguntas e teorias em que nunca havia pensado.
– Com essas influências todas, acreditas em Deus? – Perguntou-me. Ripostei, colocando a interrogação do lado dela.
– Tu acreditas?
– Acredito numa forma de Deus, não no sentido convencional. E já li sobre isso, de Descartes a S. Tomás de Aquino, de Santo Agostinho a Santo Anselmo.
– E nunca leste argumentos contrários?
– Nunca me ocorreu.
– Então porque recorreste às provas de algo de que nunca duvidaste?
– Porque preciso de racionalizar as coisas que não vejo, tal como já te disse. Preciso de as tornar compreensíveis à minha medida, só assim as aceito como tal.
– E conseguiste racionalizar a existência de Deus?
– Consegui deixar-me convencer pelos argumentos que me deram.

— E quais foram?

— Tantos e tão variados, desde logo na relação causa-efeito, que existe em todas as coisas. Tu tens de ter uma causa. O ser humano tem de ter uma causa, não podes ser o efeito de ti próprio, porque desse modo serias anterior a ti mesmo.

— É a questão do ovo e da galinha?

— Precisamente. É necessário que haja um motor inicial.

— Não te parece uma forma simplista de resolver as coisas? Como não temos explicação, então é porque terá sido uma entidade criadora a conceber tudo?

— Não, essa é que me parece ser uma visão cínica da realidade, pois os ateus simplesmente ignoram qual a razão desse fenómeno, permitem que a pergunta permaneça no ar. E, aliás, o conceito de ateísmo pressupõe em si mesmo a ideia de Deus, porque a coloca em perspetiva.

— Não te sabia tão arreigada em matéria religiosa.

— Eu não sou religiosa, não rejo a minha vida por essas regras, mas não duvido da existência de Deus. Há uma inteligência orientadora em todas as coisas que não pode ter sido obra do acaso, logo tem de haver um padrão máximo de perfeição contido no que chamamos de Deus. Se existe em nós essa ideia de perfeição e omnipresença infinita, esse ser tem naturalmente de existir. Não pode existir consciência do que não existe. Contrariando a ideia de que Deus é uma invenção do Homem, Descartes perguntava: «Como poderia o menos perfeito ser causa do mais perfeito?»

— Mas isso não explica todo o mal que existe no mundo. — Argumentei. — As crianças que morrem, as mortes estúpidas, os genocídios, a injustiça da dor, a maldade.

— Pois não, mas essa é também uma visão simplista de quem prefere não acreditar. O «mal» é ideia do Homem, não de Deus.

— Então, mas o Homem não é uma criação de Deus?

— Que lhe deu o livre-arbítrio, Deus não rouba ao homem o dom da liberdade.

– E permite que no seu mundo exista a maldade?
– Saber dos atos não o torna na causa. A decisão é do Homem, sabendo, contudo, que Deus saberá que ele praticou esse ato.
– Mas que não o evita...
– Não o evita porque isso seria ir contra o princípio do livre-arbítrio.
– E portanto, envia-o para o inferno, se ele for dotado de maldade? De onde vem a maldade? Todos somos bons e maus?
– Todos somos limitados e imperfeitos, porque podemos daí retirar ensinamentos que geram novas virtudes e méritos. O mal ensina-nos os nossos próprios limites. E mais: Tu não tens poder para te conservares a ti mesmo. Se tivesses esse poder, poder-te-ias dotar dessas perfeições que te faltam, isso significa que tens de ser conservado por alguém.
– São óptimos argumentos, mas recordo-me de, perante o ceticismo de muitos quanto às suas teorias que colocavam a existência de Deus em causa, o meu amigo Zé nos ter colocado sob outro enigma, que presumo também terá retirado de algum livro: Se é verdade que Deus é omnipotente, então seria capaz de criar uma pedra tão pesada que nem mesmo ele poderia erguer. Contudo, se não a conseguisse erguer, Ele deixaria de ser omnipotente. Contudo, se ele é omnipotente, deveria ter força suficiente para levantar qualquer peso ou então, se não conseguisse criar tal pedra, deixaria de ser omnipotente. E mais: Se Deus é o todo-poderoso, que tudo sabe, omnisciente, portanto, o livre-arbítrio não pode existir. Ou conhece todas as nossas ações e elas já estão predefinidas, ou não as conhece de todo, o que afasta a ideia da omnisciência. Creio, no entanto, que nos enredámos num novelo sem fim, que não nos vai levar a qualquer conclusão. O que te quero perguntar é o seguinte: acreditas que nós somos mais as perguntas que fazemos ou as respostas que damos?

– A questão pressupõe um desconhecimento, uma dúvida, uma fissura no saber, uma ausência de resposta. Ora, sendo cada um de nós um enigma para nós mesmos, na medida em que o que há para saber é muito mais do que aquilo que se sabe, as possibilidades do que podemos ser ou saber são infinitas, logo seremos mais todas essas possibilidades do que a consumação do que já somos.

– Importas-te de repetir? – Solicitei. E repetiu. E continuou.

– As respostas que damos refletem o conhecimento ou a experiência adquiridos, através dos quais analisamos o que acontece. São as questões que nos levam sempre ao próximo passo. Eu sou as questões que coloco, uma vez que elas resultam não só do que eu já sei, mas são a via pela qual virei a saber.

– Mas não são as respostas o que à partida nos define, nos apresenta aos outros? – Provoquei.

– Mas não o que nos apresenta a nós mesmos. Não especificaste a essência da questão, logo permitiste que eu tomasse a resposta no sentido que quis. São as perguntas que fazes a ti mesmo que te colocam em perspetiva, que te dão mais ou menos caminhos, até porque, para uma mesma interrogação, podem haver múltiplas respostas. E dificilmente para uma resposta haverá mais do que uma questão. O que é que te faz correr? É o futuro, certo? Todas as respostas são passado, todas, sem exceção, nunca há respostas definitivas do que há de ser. Já as perguntas, são claramente do futuro, pertencem ao que ainda não aconteceu, ou ainda não se sabe, serão a causa das respostas que tornaram o conhecimento como adquirido, logo passado.

– O que é que nunca te perguntaram e que é especialmente intrigante para ti que não o tenham feito?

Camila levantou-se da poltrona, dirigiu-se à janela e ficou uns segundos a observar o oceano e a turbe que circulava sem questões abaixo de nós. Foi de lá, como se respondesse ao mundo, que voltou a falar.

– Qual é a pergunta que te desarmaria?
– Perguntas-me a mim?
– Não, esta é a pergunta que nunca me fizeram.
– E qual é?
– Qual é o quê?
– A pergunta que te desarmaria?
– Esta que te disse.
– Mas essa pergunta tem uma resposta?
– Tem, naturalmente.
– Que não queres partilhar...?
– Não estou convencida a fazê-lo. Achas que tens arte para me convencer a responder a essa pergunta?
– Achas que tenho?
– Acho que sim.
– Então porque não respondes?
– Porque não me fizeste a pergunta.
– Queres que faça?
– Queres fazer?

XXII

Amor
Saudade

Com o Carnaval vivido e enterrado, a maior festa desse tempo, em que Zulmira tornara a meninice um vestígio de barco que se desvanece no rio, aconteceu longe da Ajuda. A 26 de maio de 1946 chegou a Elvas, como sempre, o comboio que passava pela via ferroviária do Entroncamento, só que desta vez recheado de gente em festa, oriunda de Lisboa. Também automóveis, que na altura eram um bem raro, chegavam ao Alentejo, pelas estrada nacionais, deixando para trás Vila Franca de Xira, Pegões, Vendas Novas, Montemor-o-Novo, Arraiolos, Estremoz, Borba (onde a maior parte ponderou parar) e finalmente Elvas, atulhados de pessoas, sobretudo homens, acompanhados dos seus filhos. Até alguns jogadores do Belenenses, prestes a viver o dia de maior glória das suas vidas, tiveram de chegar de boleia, uma vez que o clube não dispunha de autocarro. Jogava-se a última jornada do campeonato nacional e uma vitória dos azuis do Restelo inscreveria o nome do emblema na história dos campeões, o que se verificou com dois golos de um Vasco, que a memória apagou, mas não a História, que não se reescreve. Para além das cargas dos defesas, ainda terá resistido a uma investida de um adepto que lhe partiu um guarda-chuva nas costas.

Zulmira ouviu o relato pela telefonia, não teve autorização para se deslocar até tão longe, sujeita a sabe-se lá que perigos, no meio de bêbados eufóricos. A partir desse dia de festa no bairro, Zulmira seria do Belenenses para todo o sempre. Ao fim da tarde, aquela Lisboa junto às margens que comprimem o Tejo transbordou de gente que se empurrava e pulava, entre vivas e bandeiras cor do céu do dia seguinte, porque à chegada era já noite. Os jogadores demoraram horas entre o Cais do Sodré e Belém, chegados ao qual deram três voltas à estátua de Afonso de Albuquerque, figura histórica que conquistou Goa e a tornou capital da Índia Portuguesa, terra de que Zulmira nunca tinha ouvido falar e que não imaginaria que lhe estaria ligada para todo o sempre, oito anos a contar daqui.

XXIII

Saudade
Memória

Acontecia na idade da inocência, o mundo interromper-se. Suspendia-se por momentos e só aquele pedaço de terra continuava a pulsar. Só temos a noção de que assim foi nesse tempo olhando cá da frente. A liberdade de brincar sem o peso do mundo às costas, em que as imagens que nos chegavam dos telejornais não eram menos violentas do que as do *Rambo*. Nessa altura, o tempo parava como só volta a parar num ato de amor. E o que mais são aqueles momentos do que atos de amor pelo mundo, que se descobre na palma da mão ou na ponta do pé? Era o tempo em que ter a chave de casa aos dez anos era sinal de uma grande maturidade social e motivo até de superioridade sobre as «criancinhas» da mesma idade. O tempo em que os amigos é que intercediam por nós junto de quem nos tutelava: «Ah, vá lá, deixe lá ele vir brincar.» O Pedro, que tantas vezes advogou a meu favor, era o único adepto do Porto no bairro, o que lhe dava a vantagem de ter sempre os melhores argumentos, porque as vitórias sempre ajudam à oratória.

Ir ao pão acarretava a penosa responsabilidade de contar bem o troco, porque o senhor Amílcar, apesar da caneta atrás da orelha de um cabelo a precisar de mudar o óleo, enganava-se nas migalhas da demasia. E não só do pão, também do leite em sacos, dispostos em caixas cinzentas junto à registadora, e das batatas fritas onduladas ou com sabores, cereais, chocolates e demais guloseimas, como rebuçados e pastilhas ou bolos embalados, em que os cromos saíam cheios de gordura. As caricas dos refrigerantes não eram descartadas sem lhes retirar o plástico redondo de coleção ou para prémio e houve a moda dos pega-monstros, que testavam a paciência materna quando ficavam presos ao teto da cozinha, acabando sempre por ficar cobertos de pó e sujidade, o que os tornava obsoletos. Da moda, foram os calquitos, que se colavam no braço e se molhavam com água para que tivéssemos a nossa primeira tatuagem. E a segunda e todas as outras. Alugar um filme no videoclube e devolvê-lo sem rebobinar dava multa.

***

Era a geração do «fizeste o TPC?» e do «o que é que respondeste na primeira?», que escrevia mensagens de amor ou cábulas para os testes nas carteiras da sala de aula, para debaixo das quais, no Carnaval, se atiravam estalinhos, embalados em papéis às cores, isto porque as tirinhas de «estalinhos», que faziam lembrar pingos de lacre numa tira de papel, estavam reservadas para o intervalo; também se lançavam as granadas denominadas bombinhas de mau cheiro, o que nos obrigava a sair enquanto a contínua lavava o chão ou nos forçava a aguentar durante toda a aula, porque o professor era casmurro ou estava constipado. Tocava-se à campainha dos vizinhos e aos mais carrancudos encrencava-se o botão porque da raiva se fazia riso.

«Pimponeta Pitá Pitá Pitucha Pitá Pitá Pitucha Plim», excluía do jogo quem acabaria por ser o castigado das escondidas, da apanhada e de outros jogos, mas não era cantilena exclusiva: «Ana, ina, não, ficas tu e eu não», ou o clássico «Um-dó-li-tá /Cara de amendoá / Um segredo colorido / Quem está livre / Livre está».

Nunca nos livrávamos de um dedo em riste, acusando-nos de «Olh'ós namorados, primos e casados!» e da boca dos mais irritantes: «Quem diz é quem é!», ou «O ar é de todos». Se ouvíssemos o uivo de um rafeiro, seria morte certa nas redondezas, diziam os supersticiosos, e jamais se poderia abrir um guarda-chuva dentro de casa, acaso acontecesse ter-se-ia de o abrir três vezes para afastar o azar, que com estas coisas não se brinca. Nem com isso, nem com o saber dos mais velhos que proclamava que «Laranja de manhã é ouro, à tarde prata e à noite mata» e que mesmo sem rima a comichão na palma da mão direita era dinheiro e na esquerda era uma carta a receber de alguém, mais ou menos como quando algo caía ao chão e isso era porque «alguém te quer falar».

* * *

A perdição dos rapazes passava-se dentro de quatro linhas imaginárias, sem árbitro, nem juízes a não ser eles mesmos, a fazer girar o mundo de um lado para o outro na ponta do pé, mesmo que bola não fosse. Uma lata, uma maçã ou uma pedra serviriam para que nos sentíssemos profissionais do maior espetáculo do mundo, as balizas não o eram: os postes poderiam ser um monte de pedras ou um calhau maior, tijolos, camisolas, livros ou mochilas da escola e houve pelo menos duas vezes em que o mais novo dos miúdos teve de servir de poste. O terreno de jogo terminaria aonde terminasse de facto, na janela de uma cave, na casota de um cão ou numa varanda de couves e hortaliças; não havia tempo de jogo ou se havia era variável no método «vira aos cinco (mudar de campo) e acaba aos dez», ou então quando, sob a força do lusco-fusco, os progenitores obrigavam o regresso à base. Na baliza, chamemos-lhe assim, ficava um de dois tipos, ou o mais doido, que se atirava às bolas como se fosse um gato, ou o menos magro, que não se atirava a nada que não tivesse açúcar.

Quando nenhum dos presentes preenchia o requisito, fazia-se uma escala: «últimos a ir à baliza, primeiros, segundos», por aí. Tantos foram os miúdos que jogaram sozinhos, enquanto os colegas não chegavam, fintavam todos os adversários que imaginavam e concluíam com um remate certeiro ao ângulo, no último minuto daquela que era a final do campeonato do mundo de futebol. E depois corriam a festejar o golo, com um ritual qualquer imitando um dos seus ídolos, supondo ouvir o «bruaaa» das bancadas, que eles próprios entoavam, enquanto fantasiavam fugir dos companheiros que os queriam agarrar e consagrar como heróis.

O jogo só seria interrompido por razões devidamente justificadas e consagradas na lei da rua, tais como: a passagem de carros ou motas (tratando-se de um jogo de estrada) ou dar-se a inglória de a bola ir parar à residência de alguém e aí, ou se esperava a devolução do esférico, ou era nomeado um dos jogadores para amigavelmente ir bater à porta. Se nada disto funcionasse, dois dos miúdos juntariam as mãos, em que um terceiro apoiaria os pés, colocando-os de seguida em cima dos ombros destes, até atingir a altura que lhe possibilitasse assaltar a casa e devolver a alegria aos demais. Uma vez fui eu próprio o nomeado de tamanha aventura e tudo correu relativamente bem até chegar à varanda de um primeiro andar baixo para onde a bola tinha sido chutada. No regresso, as vertigens neutralizaram-me e eu não conseguia dar o salto.

«– A vertigem não é a queda, é só o medo de cair» – afirmou o Zé.

«– Oh Zé, está bem, mas e se em vez da filosofia me arranjasses uma escada?»

«– Anda lá, tu não estás à altura dos teus olhos, mas sim à altura dos teus pés, tens de contar a distância a partir do ponto mais próximo do chão» – estava ele a terminar de dizer isto e eu a ouvir os donos da casa a chegar.

«– Salta! Salta!»

«– Anda, pá, rápido, senão apanham-te!»
Poderia dizer que o salto foi de pantera, não fosse ter torcido o pé, o que me levou a ter de ir uns dias à baliza. Mesmo assim, não me parecia uma atividade tão sujeita ao perigo como a do elástico que encantava as meninas. Seguravam-no pelo tornozelo, cada uma em sua ponta, ou mesmo preso a uma árvore ou a alguma cadeira solitária. Havia cantilenas com que as restantes acompanhavam aquela espécie de dança, que acabava por ser também um jogo, que quando não cumprido daria lugar à concorrente seguinte. Ora saltavam de um lado do elástico para o outro, mas pisando-o do lado mais afastado, ora pisando-o de ambos os lados, mais difícil parecia-me pisá-lo do lado mais próximo, saltar para o meio e de seguida pisá-lo no lado mais afastado. Se cansa ler, imagine-se fazer. É de ter fé, para quem a tenha, que a explicação é bem mais fácil do que a execução da tarefa, como sempre acontece quando se tenta descrever o que está bem feito.

**

As meninas perdiam horas no «Quantos queres», um jogo com uma folha de papel dobrada em vários cantos que se encaixava nos dedos e era uma espécie de horóscopo infantil. Nas cartas, jogava-se ao Peixinho, ao Burro, ao Kemps e à Bisca. Havia quem preferisse dar uso ao cubo mágico ou desenhar a mão numa folha em branco com as canetas de feltro, em que o azul se gastava sempre mais rápido do que os outros. Para quem tinha avós desenrascadas, como as minhas, a máquina de costura também tinha um pedal em que dava gozo acelerar.

As superstições das «mães duas vezes» marcavam aliás o rumo do mundo. Do nosso mundo: varrer os pés de alguém sem querer faria com que essa pessoa nunca se casasse, imagine-se, e, se passámos por cima de algum amigo ou familiar deitado no chão, éramos obrigados a passar em sentido contrário para permitir que ele continuasse a crescer.

Nessa altura, sonhávamos construir uma cabana que fosse o nosso castelo e onde pudéssemos fazer o jogo do copo que falava com espíritos e guardar a coleção de latas de bebida, a que os pais torciam o nariz ao tê-la em casa. «Não fui eu!» – repetíamos contra todas as acusações, ainda que a ameaça mais terrífica fosse a munição verbal mais potente dos encarregados de educação:

«– Continuas assim, vais para um colégio interno» – sentença que vinha acoplada a um aviso sério, «Se fugires é pior».

XXIV

«– Se fugires é pior» – Repeti, olhando Camila defronte à janela.
– Isso é comigo? Não estou a fugir. Queres ver? Vou voltar a sentar-me aqui, bem em frente a ti, olhando-te nos olhos como sei que gostas, à espera de que tenhas intenção de fazer a pergunta.
– (Qual é a pergunta que te desarmaria?) Parece-me que não tens uma resposta definitiva na tua cabeça.
– Não a tendo na cabeça, onde poderia tê-la? No corpo?
– Percebeste o que eu quis dizer, mas insistes no jogo de palavras. Eu até a poderia fazer, mas a verdade é que estamos aqui numa quadratura do círculo, porque a pergunta que nunca te fizeram é apenas uma cortina para a questão essencial: saber, de facto, que questão é essa.
– Mas estás com pressa?
– Pareço-te com pressa?
– Então temos tempo de me descobrires – sorriu –, aliás, de descobrires a pergunta.
– E «isto» não és tu a fugir?
– Se fugir é pior?
– Às vezes pode ser melhor.
– Se for apanhada?

– Não, se te deixares apanhar.
– Não sou fácil de apanhar.
– Mas tens facilidade em fugir.
– Como assim?
– Queres mesmo saber?
– Claro!
– Logo a ti, terei de te lembrar de quando me esqueceste?
– Eu? A ti?
Contei-lhe do nosso encontro fortuito desse dia guardado no tempo, do qual ela disse ter memória. Deu como justificação que, na simpatia disfarçada que o aceno escondia, havia uma dor de amor, das tantas que o amor provoca só por ser como é.

– Sempre estiveste em fuga, verdade?
– Voltámos à entrevista?
– Não tínhamos saído.
– Sim, sempre em fuga. – Respondeu.
– Por teres medo de ti ou de quem te apanhar?
– Porque, sempre que me senti apanhada, a minha tendência foi primeiro rebelar-me comigo e só depois com quem me apanhara. E atenção, que apanhar não é ter alguém com quem viver uma relação. Apanhar é uma coisa diferente.
– Tem a ver com a liberdade.
– Com a liberdade, precisamente. A liberdade de ser. A figura metafórica da fuga aqui assenta na necessidade de me dar de menos, para que não me perca totalmente.
– Para que não te anules?
– Não é bem anular, é ficar aquém. Estamos constantemente a ser cingidos da nossa identidade. Isto, se vivermos em sociedade. As fronteiras imaginárias, contudo reais, são imensas. Podemos ter uma ideia de que fazemos o que queremos, mas raramente isso acontece. Fazemos o que queremos com a liberdade que nos dão, isso sim. E o facto de a nossa liberdade nos ter de ser concedida por alguém, fere o que

de mais individual cada ser humano tem. A liberdade não é nossa, é uma espécie de carta de alforria que nós todos vamos dando àqueles com quem nos relacionamos. Seja nas coisas mais simples: deixar a pessoa acabar de falar, para que seja a nossa vez de contar, esperar numa fila, quando a nossa pressa é certamente mais importante do que a pressa do vizinho, os telefones, as campainhas, os *emails*, os prazos das contas, as datas de validade, a liberdade do pensamento invadida pelas prioridades alheias, as conversas que metem connosco unilateralmente nas redes sociais, toda a nossa liberdade gira em torno desses condicionamentos. E até nas coisas menos prosaicas, nas relações familiares, em que a nossa ação e a nossa paz, para não dizer felicidade, dependem mais dos outros do que de nós mesmos, se aos outros não formos indiferentes, como não sou – explicou.

– E nas relações amorosas, a mesma coisa? – interpelei-a.

– Também, mas o que acontece muitas vezes é estarmos presos dentro do próprio corpo e reféns da necessidade de felicidade daquele ser que partilha a vida connosco.

– Mas isso não tem necessariamente de ser um peso.

– Eu também não disse que se tratava de um peso, mas é objetivamente um condicionamento de liberdade. Que pode ser consentido, mas mesmo assim não deixa de ser um condicionamento de liberdade.

– Mas vivemos bem com esse espartilho…

– Aprendemos a viver, mas, por despeito, tendemos a apontar o dedo a quem procura viver a sua vida com menos coletes de forças do que aqueles que permitimos vestir a nós mesmos. Os mais felizes são os que se prendem menos.

– E que não têm medo?

– Sim, que de certa maneira não entregam a sua liberdade ao julgamento dos outros, ao que os outros vão dizer.

– Que coisa fizeste na vida que mais medo te deu?

– Apagar a luz da mesinha de cabeceira ao final da noite, antes de dormir, era terrível – riu-se. – Lembro-me de imaginar figuras humanas no escuro, de procurar formas por entre um ténue fio de luz que por vezes entrava por uma fresta do estore que não fechava tão bem. Era um medo do desconhecido, talvez, mas ao mesmo tempo um fascínio por aquela identidade que era a minha, que sentia e existia da mesma forma, mas sem imagem, sem rosto, sem a perceção dos outros sobre si mesma, e de mim para com eles. Nada mais existia a não ser o pensamento. Recordo-me de que pensava sempre se o meu rosto seria aquele que vira há segundos ou se, no domínio da escuridão, todo o universo vivia às escondidas, como se a luz fosse o subterfúgio da vida real, escura e sem formas, onde todos somos apenas aquilo que pensamos e dizemos. Por vezes, dizia palavras soltas, sem nexo, das quais procurava em mim o ressoar do que significavam. As questões da linguagem, também todas elas, aquém do que descrevem. Pode a palavra *amor* dizer o sentimento? O que é o céu, senão a ideia que temos dele? Preocupava-me que esse medo da escuridão fosse a nossa maior verdade e que, ao surgir da luz, eu não fosse a que sabia ser e já não existir a realidade em que eu supunha habitar. Não era medo do bicho papão, era medo de não saber estar nessa nova realidade, do desconhecido, se quiseres.

– Tens saudades de quê?

– «De cada vez que a saudade nos vence há sempre um pedaço de futuro que se perde, que já aconteceu.»

– Essa frase está no teu livro, no diálogo que tens com Fernando Pessoa. Pegando nela, se a saudade te vencer por momentos, até onde viajas? O que te traz a brisa da memória?

– Traz-me uma ideia de liberdade, vivida na infância, como nunca mais terei. Primeiro que tudo porque, mesmo que fosse agora totalmente livre como sonho ser, já teria o conhecimento desse espartilho, o que por si só seria logo motivo de condicionamento. É como que uma semente plantada em nós. Naquela altura, ser livre era não se saber outra forma de ser. Claro que também nessa altura a liberdade é cingida, «não podes fazer isto», «anda p'rá mesa», «hoje estás de castigo», mas quem freava o poder do sonho? Quem nos impedia de sermos quem quiséssemos ser, no refúgio do nosso quarto? Ou mesmo fora dele. Não havia ataques definitivos à liberdade de correr sem destino, de conhecer o perigo da infração ou de tomar o gosto por sensações novas. A liberdade primária, inocente e inicial, que nada substitui. Há muito mais coisas novas nessa altura da vida do que em qualquer outra. Tenho nostalgia dessa sensação, de não saber se sou eu que vivo a vida, ou se é ela que me vive a mim.

– Isso não terá a ver com o desconhecimento da própria morte?

– Talvez. É a serenidade de as dores serem todas passageiras, ainda que, na nossa escala de importância, sermos apartados de uma brincadeira seja como que um punhal ferindo-nos a carne. Mas passa, porque as possibilidades são infinitas, todo o mundo é o nosso parque de diversões, porque não há sonhos impossíveis e até um coiote consegue correr no ar. Deves ter sentido o mesmo. Todos sentimos.

XXV

Saudade
Memória

Houve o tempo do mata, da macaca, do macaquinho do chinês, da apanhada e das escondidas. Jogou-se ao rei manda, ao lenço e ao alho, em que uma equipa ia saltando para cima da outra até que esta aguentasse. Quem cedesse, perdia – realidade que a vida prova não ser regra.

Jogos sem nome, inventados para um só dia, houve muitos. Como aquele em que nos dispúnhamos cada um de um lado da estrada, segurando numa fita ou numa corda que estenderíamos por cima de qualquer carro que passasse, de preferência acertando-lhe na antena.

Colhíamos e provávamos azedas até ficarem sem sabor, atirávamos espigas para que ficassem agarradas ao cabelo ou à roupa do amigo e travavam-se batalhas em que o armamento eram canos de eletricidade, com caroços ou pequenas pedras dentro que se sopravam. Andava-se de bicicleta *BMX* e era obrigatório conseguir fazer um cavalinho e travar com a sola do sapato na roda de trás, isto enquanto as meninas ensaiavam músicas e coreografias.

«Quando viermos cá da próxima vez, a gente compra» – prometiam os pais que, com a pressa, já nem deixavam os filhos ir dentro do carrinho do supermercado, lambuzando-se com um doce.

Em casa, os filhos únicos entretinham-se com um balão que não poderia tocar no chão, mesmo que tivessem de saltar sofás ou empoleirar-se na mesa de jantar. Se houvesse disposição familiar, apareceriam os jogos de tabuleiro, como o Monopólio e seus derivados. Havia a Batalha Naval e o Vamos Jogar aos Países, nesse tempo em que os bicos das lapiseiras se estavam sempre a partir e as borrachas que apagavam caneta não só cumpriam o propósito como também desfaziam a folha, mesmo que fosse uma daquelas apropriadas para as aulas de Educação Visual, para onde, à socapa, se levavam os jogos eletrónicos, desde logo à cabeça o Tetris, cuja febre parecia uma demanda divina, que consumia todos os minutos livres. Nos raros computadores de secretária em residências de subúrbio, jogava-se o Championship Manager, o Prince of Persia, o Pacman, que tinha migrado dos anos oitenta, o jogo das minas e pouco mais, paciência. Descobriam-se os videojogos de cartucho que nos foram afastando, primeiro de nós, e depois dos outros. A televisão também nos roubava dos amigos, mas estreitava a cumplicidade das conversas. Em lares com enquadramentos familiares distintos, os interesses comuns tornavam-nos mais iguais e aceites entre todos. A grande sala de cinema era a de casa, com as luzes todas apagadas, só com o brilho do relógio digital do vídeo, relíquia de consumo, esse, em parceria com os televisores com doze botões rígidos que excediam largamente o número de canais existentes, até porque já não se conseguia sintonizar a televisão pirata, um mito popular durante anos.

A malta gostava de iô-iô e de descer pelos vãos de escada, os piões começavam a passar de moda. Brincava-se ao Quarto Escuro e ao Quente e Frio, que tinha um conceito tão simples quanto o de descobrir algo que alguém tinha escondido em determinado sítio, com recurso a dicas como morno ou gelado, consoante a proximidade. À luz da retrospetiva e com tanta atividade, poderíamos apostar que o dia não se cingia a tão poucas horas quantas aquelas que os relógios marcam.

Nessa altura, tentava-se apanhar os colegas pela descoberta do mundo das adivinhas:

«– Temos o rio Tejo, de um lado está um papa e do outro lado está outro papa, como é que eles se cumprimentam...»

«– Só há um papa!»

«– De que cor é o cavalo branco de Napoleão?»

«– Qual é coisa qual é ela, cai no chão fica amarela com um palito?»

«– É o ovo, o palito era só para baralhar!»

«– Um buraco demora 30 minutos a fazer, quanto leva meio buraco?»

«– Quantos pastéis de Belém consegues comer em jejum?»

Surgiam os salões de jogos, aliás, surgia a idade de lá conseguir entrar, e aí todo um novo mundo se apresentava de mãos sujas de óleo dos matraquilhos, suadas da alavanca e dos botões das máquinas. Os mais velhos jogavam *snooker* e não davam hipótese no *ping pong*. Sentíamo-nos generais sem quartel, donos do nosso próprio tempo, como nunca mais nos sentiríamos. Assim soubéssemos agora que ontem hoje assim será e por certo seríamos mais felizes.

Na tal mercearia do bairro, aonde se atentava ao troco, também se metia na conta, todas elas, as dos vizinhos, anotadas em pedaços de papel rasgado debaixo da caixa das notas. Às vezes quem nos servia, passe a expressão, que aos novos isso só acontecia nos sonhos ou em dias de casa vazia, era a filha do senhor Amílcar, a Nela, muito comentada por certa vez alguém a ter visto de blusa desapertada e seios à espreita. Como fui eu que a vi, posso contar a história. A minha ideia era apenas trocar cromos com o Sandro a seguir ao jantar e, como a porta do prédio dele estava aberta, nem me dei ao trabalho de tocar à campainha. Quando ia a subir, sem fazer barulho e de dois em dois degraus como gostava, ouvi um qualquer som metálico, que me pareceu o de um cinto a desafivelar e em seguida a bater no chão. Debrucei-me sobre o vão e olhei para a cave e vi-os aos dois, o Toni e a Nela, beijando-se sofregamente, virando a cabeça de um lado para o outro, as mãos dela agarravam-no pelo escalpe e ele parecia ter visto o *Orquídea Selvagem* numa daquelas sessões tardias. Arquejavam como que em apneia para abafar o eco da escada. A luz apagara-se e apenas os percebia difusos pelo brilho da lua a bater na claraboia. Ela ajoelhou-se aos seus pés e parecia ter uma de três coisas naquele ato: pressa, inabilidade ou ânsia de mostrar satisfação – a forma como o segurava era mais rude do que eu supunha e todos os gestos eram bruscos como que descontrolados, fora de tempo. De repente, a luz acendeu-se e a porta do prédio abriu-se ao entrar de um grupo de pessoas a falar alto. Não chegaram ao patamar em que eu, alterado pelas múltiplas circunstâncias, me encontrava, nem viram que a Nela e o Toni se levantaram, fazendo um gesto de silêncio. Quando a porta se fechou já ela se tinha posto de costas para ele, com os braços no peito e encostada à parede. Ele assomava-se sobre ela como um *cowboy* em fuga. Aquele ondular sobre a Nela como que me hipnotizou e só ao suspiro da filha do merceeiro é que me alertei. Olhava-me lá de baixo, com aquele olhar emoldurado em sobrancelhas fartas, mas sem me denunciar, com um sorriso de transe que me perturbou, como se aquele corpo, ofegante e disponível, ainda por despir e ainda por vestir – só o indispensável havia baixado –, estivesse nas rédeas do meu. Ela deixou de me olhar quando os corpos se descontrolaram e eu saí porta fora, às escuras, sem ter ido trocar os cromos repetidos. Tinha sido emoção a mais para uma noite só.

O mais perto da sexualidade não solitária que vivíamos dava-se numa das três pracetas, por detrás de uma central elétrica insuspeita, onde, por acaso, tinha visto um homem ser eletrocutado, bom, mas a energia ali era transferida para um jogo muito em voga na época, que dava pelo nome de Bate pé. Consistia em pedir, a partir de uma tabela estabelecida, o número correspondente ao desejo. Em finais de tarde outonais, providos de um silêncio de pátio da escola em hora de teste, apresentavam-se a jogo os concorrentes e os desejos.

1 Aperto de mão
2 Beijo na cara
3 Beijo no pescoço
4 Beijo no queixo
5 Beijo na boca à peixinho
6 Beijo na boca com língua
7 Apalpar o rabo
8 Mostrar as cuecas
9 Linguado e apalpões por todo o corpo
10 Meter a mão por dentro da roupa na zona «proibida»

«Quero um quatro do número três», «Quero um dez da número dois». Os homens, como depois continuam a ser pela vida fora, querem mergulhar logo a cara no bolo, querem tudo e um pouco mais se for possível. E mesmo se não for.

XXVI

Retomámos a entrevista que a saudade interrompera, comparando a ancestralidade desta aproximação à intimidade num paralelo aos dias de hoje, repletos de *smiles* e reticências, em que se aboliu a ironia do cardápio de emoções transcritas. A tirania da aceitação na sociedade atira a juventude para o amor, como se fosse uma obrigação, uma consequência natural do existir.
– E não é? – Perguntou-me Camila?
– Diz-me tu – retorqui. – Em tua opinião, o amor tem de ser uma consequência natural do existir?
– Sabes que uma vez pus as mãos à escrita de um romance, que nunca saiu da gaveta e que falava de um homem de trinta anos, pouco mais novo do que tu, mas, nas feições imaginadas por mim, muito semelhante ao que és: alto, magro, cara longilínea, nariz à medida do rosto, cabelo e penteado segundo a norma, mãos delgadas, aparentemente calmo, mas um verdadeiro turbilhão por dentro. Gusmão tinha o supremo privilégio de nunca ter tido uma morte próxima de si, entrado num cemitério, recebido condolências e chorado mortes parentais. Em nenhuma circunstância tinha feito um luto, cresceu a viver sem dor. Tinha um trabalho remediado e honrado, mas não conseguia ser feliz, porque todos os dias se julgava incapaz de suportar a dor da perda de um dos seus, não se sentia preparado

para isso e tinha a certeza de que o seu mundo desabaria no instante em que tal tragédia sucedesse. Sentia-se amado e próximo de todos eles. Aos domingos reuniam-se em almoços de família que duravam até ao pôr do Sol. Havia querelas, como em todas as famílias, mas planavam pela vida como um bando de andorinhas felizes, em que lhes basta a presença de todos para o serem. E era a falta disso que o assombrava, que quando um deles faltasse a dor fosse insuportável, impossibilitando-o de seguir em frente, que ficasse apeado na vida. Olhava os mais velhos nas mesas fartas de feijoada, cozido à portuguesa, frango assado e demais iguarias que juntam as gentes e em que todos se encolhiam à mesa por não haver espaço de sobra, e tentava imaginar uma daquelas cadeiras vazias. Acomodar-se-iam com mais um metro a distribuir por todos? Será que a dor também se distribuiria de igual forma por todos e o amor que sobrasse era fatiado de igual modo? Como é que o mundo se acomoda à ausência de um corpo e age como se o mesmo nunca tivesse existido à face da Terra?

» Às vezes ficava a olhar as gargalhadas deles e dava consigo a ter saudades do futuro, em que os risos voltariam, porque sempre têm de voltar, mas ausentes da plenitude de nada a haver que não pudesse justificar uma alegria. Calava-o bem fundo uma tristeza irreparável, uma dor ainda por sentir que já sentira, como se todas as dores estivessem já dentro de nós, antes mesmo de eclodir a razão de as sentir.

» Imaginava lembrar-se no futuro da última conversa que teriam tido e de não saber o que fazer ao amor incondicional que aquela pessoa levara consigo. Para onde vai esse amor? Dizem os crentes aos enlutados que uma pessoa só morre quando morre a última pessoa que ouviu falar de quem parte, que a memória da pessoa está viva na nossa cabeça sempre, que o bem que nos fez permanece.

» "Merda para eles todos! Não sabem o que é deixar morrer à fome o amor alimentado durante toda a vida. Nunca foi um amor exuberante, sempre feito de palavras mornas e paciência, mas nunca ninguém me amou como eles.» – Pensava Gusmão.

» Por mais que buscasse em si os lenitivos para dores como essas, a ciência não inventara nenhum antídoto para a dor da saudade. E que inveja sentia de António, colega de que nunca conhecera familiares, abandonado que fora à porta de uma papelaria e entregue de seguida a uma instituição, na qual nunca se afeiçoara a ninguém, porque lhe troçavam das feições, chamavam-lhe o "cara de trapos".

» E no entanto, Gusmão invejava essa sua solidão desacompanhada. Nunca este ser infeliz e ausente de afeto sofreria pela perda de alguém, não viveria em si a certeza de um dia fatal, dois, três e os outros. Mesmo que lhe ligassem a dizer que fulano morreu, isso ser-lhe-ia mais ou menos indiferente. Ao contrário de Gusmão, que chorava a morte certa antes de ser certeza. Chegara mesmo a ter um plano: fugir sem dizer nada a ninguém, deixar várias cartas escritas personalizadas para os destinatários que mais amasse, explicando-lhes os motivos da decisão, que não tinha a certeza tratar-se de fuga ou de coragem, ainda que a consequência fosse a mesma. Longe deles, sofreria a ausência, mas com a certeza de que, incógnito no fim do mundo, nenhum dos seus teria morrido, que conseguiriam voltar ao estado sorridente de todos os almoços de domingo. Era mais ou menos assim, a minha história» – concluiu Camila.

Logo a interpelei, se é que é possível fazer isso à ficção que sai da cabeça de alguém.

– Mas nesses domingos de família – notei – com a ausência do Gusmão haveria igualmente uma cadeira vazia, corpos a acomodarem-se à ausência do fugitivo, que os deixara como ato de amor ou desamor, antagonismos em linha paralela consoante o atingido.

– Sim, mas, na minha história, o Gusmão chega à fronteira onde percebe que o amor que sentimos pelos outros é antes de mais o amor que sentimos por nós próprios e quanto maior o amor, mais de nós próprios seremos capazes de gostar. A dada altura, o Gusmão estabelece um diálogo com uma antiga namorada, que encontrara um dia por acaso numa livraria em Lisboa, dizendo-lhe:

«– Nunca amamos ninguém, amamos o que sentimos por aquela pessoa.»

«– Dizes isso porque nunca tiveste filhos. Não é possível dizeres que não gostamos de alguém, mas sim do que esse alguém nos provoca.»

«– Não creio que assim seja. Decerto que recriminas ou desprezas o pior que as pessoas que amas têm, do que tu gostas verdadeiramente em alguém é do que esse alguém é para ti, ora isso é exatamente o que estou a dizer. Tu só amas a sensação ou sentimento que isso provoca em ti. O amor é um ato egoísta. Não podes dizer que amas alguém dessa forma tão gratuita. Para amares alguém terias de lhe conhecer a alma e os pensamentos. Por isso é que tu podes ser ao olhar dos outros um modelo de virtudes ou desprezível, tem a ver com a diferente capacidade de assimilar o que a outra pessoa tem. Logo, o amor é um ato solitário.»

«– E os filhos, Gusmão? Também não os amamos incondicionalmente, como se diz?»

«– Primeiro que tudo, amamos o facto de ser uma conceção nossa, um pedaço de vida gerado por nós, mas, se olhares com frieza sobre as coisas, como é que podes amar alguém que não conheces?

«– Estás enganado. Eu amo aquele ser.»

«– Não! Amas o sentimento de pertença em relação àquele ser, mas a existência desse amor é decorrente do poder que tens por teres gerado vida. Ele pode odiar-te ou fazer-te as maiores barbaridades, que tu próprio condenes, mas não consegues deixar de amá-lo, porque o amor não está nele, não está no objeto, está somente em ti e na satisfação egoísta que isso te dá. Podes amar aquilo que a pessoa é, mas isso só acontece porque tu és assim, porque aquilo te faz sentir assim, não porque ames aquela pessoa, amas o que ela provoca em ti.»

«– Para mim isso vai dar ao mesmo.»

«– Mas é diferente, acredita, pensei nisto como quem não tem mais nada em que pensar. Não existe amor exterior a nós, o amor não é um pedaço de qualquer coisa que se mostre, está na tua cabeça. As pessoas tendem a encarar o amor como sendo algo que o outro tem e isso não é verdade. O outro só tem o que tiveres capacidade de receber.»

«– E as pessoas que se dão, que se entregam a uma causa, que se voluntariam? O afeto pelo outro não se revela nesse caso? Um amor inocente que se conhece desde sempre a entregar-se aos outros?»

«– Em meu entender a generosidade que temos para com alguém é também uma forma de amor por nós próprios, essa doação é um prazer, uma satisfação de ver o efeito da nossa ação, de no nosso íntimo nos sentirmos úteis, realizados até. Nós gostamos tanto do sentimento de, como comumente se diz, gostar daquela pessoa, que nos sabe bem o prazer que ela tem com o que o nosso amor lhe provoca.»

«– E no caso dos pais, por quem tens uma dependência, também não lhes tens esse sentimento incondicional?»

«– Depende! Até podes sentir, mas isso tem de ser fomentado. Se eu não tiver pais, amo-os incondicionalmente? Não, e no entanto tive-os, tive de os ter. Os pais são o prefácio da nossa vida, eles dão o mote, seja numa linguagem codificada ou numa página em branco, mas a história, essa, és tu que a contas, és tu que a fazes.»

«– Mas e se os conheceres? Se cuidaram de ti? Ama-los sempre, certo?»

«– Sim, amo aquilo que me fizeram, o amor que cultivaram em mim. Os nossos pais amam-nos primeiramente porque somos seus filhos e não porque somos quem somos.»

«– Isso não torna todo o mundo frio e calculista, em que todos estão cheios de amor por si próprios?»

«– Não necessariamente, é apenas aquilo que é, visto de forma mais racional. Nada disto impede que o amor seja a grande realização do ser humano e o sentimento mais bonito de todos, o único capaz de estreitar diferenças. Esta leitura mais fina de que o amor está todo em nós não lhe retira a nobreza, aliás, confere mais responsabilidade a cada um, porque depende muito mais de nós o que fazer com este amor, responsabiliza o nosso amor e a nossa ação. Uma má índole cheia de amor vai servir-se dele sem mais, já o contrário pode ajudar a definir caminhos, a tocar os outros.»

«– E por isso decidiste ficar, Gusmão?»

«– Cheguei à conclusão de que a fuga não resolve nada, porque o meu amor por eles depende também do que deles absorvo, dessa troca fomentada, portanto acaba por ser também um ato de amor egoísta ficar. É por eles que fico, mas indiretamente, porque me seria doloroso viver sem o que sinto que me dão.»

«– E não pela dor que lhes causarias?»

«– Pela dor que me causaria a dor que lhes causaria.»

«– E não os amarias à distância? A saudade não é o amor do avesso?»

«– O ódio é o amor do avesso. A saudade é o amor visto ao longe. Mas, visto de longe, o nosso amor não é refletido em quem amamos, não sentimos esse efeito *boomerang*.»

Camila deixou-se interromper por mim, quando a quis resgatar à realidade.

– E essa visão singular é também a tua, pelo que deduzo.

– Em parte é a minha filosofia, mas eu acredito no amor que o outro nos tem e na entrega que alguém pode ter, mesmo não estando preparados para amar essa pessoa, mesmo que ela nos ame mais do que nós a nós mesmos. Acaba por transformar--se numa ilusão que nos faz sentir maiores e melhores do que somos. Nisso acredito.

– Também eu, mas tenho provas concretas de que isso é possível.
– Que provas?
– Toda a minha vida foi influenciada por um grande amor.
– Dos teus pais?
– Da minha avó. A história dela é a mais bonita história de amor que se conhece.
– Porquê?
– Porque é daqueles casos que se fossem saídos de um romance, russo por exemplo, diríamos serem provavelmente um delírio do autor.
– Queres contar?

XXVII

Amor
Saudade

Mesmo com vinte e um anos, Zulmira não deixara de ser menina algures dentro de si. Sabia-se mulher, mas não se entregara a ninguém, como já todas as raparigas do grupo com quem se dava. O dia era passado com piropos que se mandavam à porta do mercado, onde se detinham os jovens oficiais de polícia em regime de gratificado, que por ali andavam fora do turno, inibindo da circulação os vendedores ambulantes. Zulmira metia-se com eles, como quem quer provocar. José, um jovem oficial da Polícia de Segurança Pública, era quem lhe achava mais graça.

«– Oh Zulmira, tens cá disto?»

«– Veja lá se não leva com qualquer coisa como o outro do filme.»

«– Ah já viu? Eh pá aquilo é mesmo engraçado, "oh Evaristo, tens cá disto", não achas?»

«– Não vi, mas já me contaram. Você é um rapazolas, não tenho a sua vida! Pensa que tenho tempo para andar a ver filmes? Olhe lá, parece que agora há para aí uma polícia nova, a PID. PID quer dizer o quê? Pid licença para passar?» – Riu-se sozinha.

«– Goza, goza. Polícia Interna, não» – corrigiu – «Polícia Internacional e de Defesa do Estado, assim é que é. PIDE, com "e" no fim.»

«– E o que é que muda a nossa vida?»

«– Nada, desde que tenhas juizinho. O teu patrão já não sei, com essas coisas das políticas.»

«– Oh, não quero cá saber dessas coisas. Largura daqui, largura daqui...»

«– Zulmirinha, posso fazer-te uma pergunta?»

«– Diz lá, oh Zé.»

«– Ena, até me tratou por tu. Posso acompanhar-vos até casa quando saírem?»

«– Ora essa, o que é que as pessoas haveriam de pensar? Deixe-se disso, que nós sabemos bem o caminho.»

A meio da tarde, quando fechavam o lugar, Zulmira e as outras duas raparigas que com ela trabalhavam e viviam tinham de subir uma estrada até à casa dos tutores, trajeto feito sempre entre gargalhadas e disparate.

«– O José é bem bonito, oh Zulmira, e está sempre a arrastar-te a asa.»

«– Alguma vez eu posso namorar sem autorização do senhor Angelino? Punham-me na rua.»

«– Mas olha que ele gosta de ti.»

«– Deve gostar, deve. É que eu sou mesmo uma lindura. Não tem mais ninguém, é o que é.»

Na verdade, nenhum rapaz chamava a atenção de Zulmira. O dever do trabalho alternava com o desejo de uma infância que não se sabia ter acabado. Não tinha passado nenhuma fronteira que lhe dissesse que já não era a menina de tranças que tinha vindo no comboio.

«– Olha lá, ó Zézinho, quando é que pedes ao senhor Angelino aqui a nossa Zulmira em namoro?» – Provocava uma delas.

«– Ela não quer nada comigo, só está bem é a trabalhar.»

«– Quem não é de trabalhar não é de comer, oh senhor José» – gritava Zulmira. – «O tempo que passa aqui à porta, se o passasse a trabalhar era o que fazia melhor.»

«– Eh, tão irritadiça, menina Zulmira. Tens muito mau feitio. Mas, olha, se queres saber, eu gosto de ti assim.»

«– Deixe-se dessas conversas, que ainda vai sobrar para o meu lado.»

«– Não sobra nada, Zulmira, nunca digas uma coisas dessas, "Onde muito sobeja lhe falta o gosto", já diz o provérbio. Nada do que a menina queira vai sobrar.»

«– Vou para dentro, senhor José. Espere aí, não se vá embora que eu tenho uma coisa para si.»

Voltou num minuto.

«– Pode ficar aqui a falar com esta cabeça de galinha, para ver o que é que ela responde às suas parvoíces.» – Atirou-lhe com o resto do bicho ainda a gotejar. – «É obrigatório na polícia serem assim *tã tãs*? Já o outro que costuma vir ao fim de semana, nem sei o nome dele, anda com um fato de cotim, parece que anda a dançar dentro do fato, aquilo cabiam lá dois dele. Se já se viu, com este calor andar com uma camisa de linho e com colete e mais o casaco. E de botas, e de botas.»

«– Não fales em botas porque pensam que estás a falar de outra coisa.»

«– Hã?»

«– Sim, não se pode dizer botas.»

«– Botas, botas, botas.»

«– Olha lá» – baixou o tom de voz e agarrou-lhe no braço, enquanto Zulmira tentava desapertar-se dessa achega – «o Botas é o Salazar, toda a gente lhe chama isso, porque o homem tem defeito nos pés e tem de andar de botas ortopédicas. Até parece que mandou a censura cortar as paródias que andavam a fazer no Parque Mayer, por causa disso. Portanto vê lá se não dizes botas muito alto, senão ainda te prendem.»

«– Mas você não é da Polícia?»

«– Sou pois, com muito orgulho.»

«– E vai prender-me?»

«– Se tu quisesses, Zulmirinha.»

«– Lá está você. Só a si é que essa tal censura não cala.»

José alistou-se na Polícia depois de sair da Casa Pia, para onde entrou aos nove anos, aquando do falecimento do seu pai. A mãe morreu quando José tinha nove meses, vítima de um surto de escarlatina. Nessa altura, pai e filho já tinham sido obrigados a abandonar o barracão em que moravam, num descampado no cimo de Algés, para se resguardarem na praia debaixo de um barco, de qualquer um que não andasse na faina nesse dia. Viviam ambos sob esse teto incerto, alimentados pela manhã com as tradicionais sopas de cavalo cansado, pão embebido em vinho, que lhes foram dando energia para sobreviver, alternando entre uma e outra esmola. Assim, antes de cumprir uma década de vida e órfão de pai e mãe, José foi matriculado na Casa Pia pela sua madrinha, aonde se habituou aos banhos frios da alvorada, à aprendizagem de carpintaria e de camaradagem, que nunca se aprende sozinho. A Polícia pareceu-lhe ser uma boa opção de carreira ainda antes de atingir a maioridade. Começou por fazer a ronda na Travessa da Boa Hora à Ajuda, aonde recebia o tal gratificado dos vendedores locais pelo zelo que lhes prestava e pela forma como a sua simples presença dissuadia os ambulantes de concorrer com quem tinha posto fixo.

José cumpria esta e outras tarefas em alternância com o camarada Joaquim, um albicastrense, nascido na aldeia de Proença-a-Velha, que chegou a Lisboa em 1954, com a terceira classe cumprida e com sede de aprender, coisa que a necessidade do estômago e da independência não permitiam, por ora. Deixou o interior do País numa manhã cinzenta, com dois amigos. Até essa altura, e já com o serviço militar cumprido, Joaquim trabalhava sobretudo em trabalhos ocasionais como na apanha da azeitona ou na construção civil, trabalho que também o esperava na capital, para além de ter trabalhado na distribuição de fogões e frigoríficos. Quando José, que, tal como ele, dividia o quarto com um grupo de colegas no mesmo prédio, lhe falou na possibilidade de se alistar na Polícia, não pensou duas vezes.

Era com Joaquim que Zulmira gozava sempre que ele lá passava, sobretudo nas manhãs de fim de semana, no turno entre as nove e as treze. Sempre tão comprometida com o trabalho e com o dever de servir melhor os outros do que a si mesma, nunca notou nada que fosse para além do que a realidade mostrava.

«– Oh Zulmira, o Joaquim da Polícia anda feito muito amigo do teu patrão. Ele é vê-los na taberna, como grandes comparsas, agora quase todos os dias.»

«– Ah, deve ser por isso que o senhor Lino chega sempre meio torto a casa. E já não é uma nem duas vezes que esse Joaquim vai connosco daqui mesmo até lá cima ao Jardim Botânico. Vai que vai na conversa, mas não se percebe bem o que é que ele quer. Quem quer vê-lo, aí vai a cantar e a dançar, sempre a mesma coisa.»

Numa casa portuguesa, fica bem
Pão e vinho sobre a mesa
E se à porta humildemente
Bate alguém
Senta-se à mesa com a gente
Fica bem esta franqueza, fica bem
Que o povo nunca desmente.
A alegria da pobreza
Está nesta grande riqueza
De dar e ficar contente

Joaquim encaixava no perfil de genro que toda a sogra gostaria de ter. Sério, educado e respeitador, gabavam-no de ter recebido do Comandante um rasgado louvor, ao qual não aludia, pela razão de que «elogio em boca própria é ofensa», mas também porque não sentia nenhum mérito especial nos fundamentos invocados:

«Elogiado: Pelo Comandante, em oito de março de 1952, porque, sendo componente da Quarta Divisão e estando ao serviço na área da Segunda Esquadra, achou a quantia de 200$00 e dirigiu-se imediatamente aos seus superiores dando conhecimento do caso. Embora tivesse cumprido o seu dever, mostrou ser dotado de honestidade que deve ser timbre de um agente desta PSP e portanto digno de referência.»

Só mais tarde se percebeu de tão arreigado interesse de Joaquim em acompanhar Zulmira no regresso a casa. Joaquim lançara um ultimato a José: se não tinha coragem de avançar para Zulmira, ele próprio tentaria conquistar o coração da moça ou do seu tutor (o que já era meio caminho andado). Foi numa das idas à taberna que conseguiu a validação do senhor Lino para namorar a jovem que tanto gozava com ele, «quem desdenha quer comprar», pensava.

«– Oh Zulmira, o que se passa com o Joaquim, do gratificado?» – Interpelou-a Beatriz, a patroa.

«– O que se passa como, minha senhora?»

«– Ele anda muito por aqui, acompanha-vos até cá acima, anda todo cheio de simpatias, não me queres contar nada?»

«– Oh senhora, juro pela minha mãezinha que comigo não é, eu não tenho namorado, nem gosto dele. Ele vem connosco porque diz que o patrão deu autorização.»

«– Mas olha que ele tem perguntado por ti, parece que gosta de ti. Tu não gostas dele?»

«– Minha senhora, cruzes credo, nem nunca pensei nisso, eu não gosto de ninguém assim com isso de amor. Já viu o que é que a minha mãezinha ia dizer, se soubesse?»

«– E se ele escrevesse uma carta à tua mãe a pedir autorização para te namorar, tu gostavas? Por nós, achamos que ele é bom rapaz, é trabalhador, é da Polícia, pode ser um bom partido.»

«– Se a minha mãezinha der autorização e se a senhora e o patrão também derem, posso gostar dele.»

XXVIII

O céu carregara-se de nuvens, como que à espera da chegada do novo ano para se iluminar nessa noite em Copacabana, num eclipse de festa e cor que traria ao areal mais de dois milhões de pessoas. A conversa, que não ia curta, pedia agora sabor de caipirinha, em contagem decrescente para as restantes dessa noite. O gelo veio bem picado, cada copo com uma metade de lima cortada em fatias muito finas, cobertas de açúcar e bem esmagadas com o pilão contra o fundo, libertando gomos do fruto que emergiam da cachaça e dos pedaços de gelo à superfície. Ao redor de todo o copo, uma linha de sal tornava mais intenso o sabor da bebida, não para ela que bebeu de canudinho, como se diz por aqui. A conversa continuava.
– É fácil desiludir-te?
– Só se considerarmos que a expetativa é uma ilusão. Nunca espero dos outros nada abaixo das expetativas de resultado que desejo, nesse sentido é fácil ser defraudada nas minhas ilusões, porque tudo depende da vontade ou capacidade que os outros têm de cumprir o que para mim era tido como seguro. É sempre um exercício de alguma arrogância acusar o outro de nos ter desiludido, porque isso tem a ver com a ideia que fazemos daquela pessoa e não da liberdade dessa mesma pessoa de

errar. O que nos desilude é proporcional ao nosso sentimento mais íntimo de confiança no outro.
 – Mas isso é válido para uma mentira?
 – É válido para uma mentira, ainda que não controlemos o poder que isso tem em nós. O que nos dói não é a mentira, é a descoberta da verdade. E aí, falo por mim, nunca mais é a mesma coisa. Pode ser pior ou pode ser melhor. Mas a mesma coisa nunca mais poderá ser. Naquele pedaço de terra queimada, não cresce mais nenhuma flor, pode crescer uma floresta inteira à volta, que esconda aquela cratera, mas aquele espaço tornou-se infértil, podendo aliás alastrar-se a tudo o resto e tornar irreversível a cisão. O que angustia, talvez até mais, não é a descoberta daquela verdade, mas sim de todas as outras que podem estar a soldo de uma mentira. Depois de uma mentira descoberta, tudo é posto em causa, todas as verdades e todas as expetativas são passíveis de ruir perante a dúvida sobre a qual assentam todas as ilusões, é como um pilar único que sustenta todo o edifício.
 – Mas e quando és tu que desiludes alguém? Tu abordas no teu livro a traição que infligiste ao teu companheiro na altura e a suspeita que ele teria desse teu caso extraconjugal...
 – A dor do outro pode ser um escape de liberdade, um traço definidor de futuro, porque te permite construir nesse terreno. Torna virgens os sentimentos, porque os coloca em causa, porque os redefine, ainda que a dor provocada a outro possa ser tão violenta como a que nos é imposta por quem amamos. Sermos quem não somos porque nos é mais confortável sê-lo, faz do disfarce um modo de salvação.

XXIX

Amor
Saudade

O Salão Portugal, inaugurado em 1928 no bairro da Ajuda, era apelidado pela nobreza como *cinema piolho*, por ser frequentado por pessoas de condição inferior, para quem o cinema encantava, como aos endinheirados. Tinha três entradas protegidas por grades semelhantes às dos elevadores e três grandes janelas compunham a fachada, manuelina, diziam os leigos.

Um autêntico oásis, onde em 1954 era exibido em estreia o filme O *Costa D'África*, protagonizado por Vasco Santana e Laura Alves. Uma comédia de enganos que Zulmira viu com Joaquim, mais umas colegas e José, o pretenso namorado, que acabaria por se afeiçoar a Rosália. Lá veria, em reposição, *O Grande Elias*, *A Morgadinha dos Canaviais* e *O Leão da Estrela*.

Zulmira não encarava este namoro, no qual Joaquim a cortejava e lhe dizia que gostava dela, como algo sério, nem tinha pretensão que o fosse. Entregava-se à conversa por simpatia, mas nunca tinha tido um arroubo de paixão, não se sentia hábil na relação com o amor.

Não lidamos com o que desconhecemos.

Gostava do convívio, embora esta aproximação não lhe fosse confortável. Apesar dos seus vinte e dois anos, a reverência para com os patrões e progenitores era absoluta, pelo que teve de respeitar a ordem de que, ao namorar, tinham terminado para ela as brincadeiras de Carnaval, por já não ser uma menina. As mulheres querem-se sérias e trabalhadoras, pouco dadas a esses devaneios.

«– Um dia levo-te a ver a minha terra, Zulmira.»

«– O que é que tem a tua terra de diferente das outras? És tão vaidoso da tua terra. A minha de certeza de que é mais bonita, tem o mar do Furadouro, tem pão-de-ló, roscas, tem tanta coisa bonita.»

«– Um dia, quando casarmos, levo-te lá e vais ver que vais gostar.»

«– Um dia vamos casar?»

«– Vamos, claro. Para tu ires conhecer a minha terra.»

«– Ah só me queres casar para isso?»

«– Quando conheceres a minha terra, conheces-me melhor a mim.»

«– Onde é que aprendeste a dizer essas coisas bonitas?»

«– Na minha terra.»

XXX

Zulmira temia não saber identificar o amor quando ele chegasse. Não seria certamente o que sentia por Joaquim, pelo menos nada em si se apresentava como tal, a não ser um gosto crescente em que ele lhe aparecesse à frente. Era o único que lhe perguntava coisas sobre a sua vida e escrevia regularmente aos seus pais, com quem estabelecera amizade por via postal. Já nem os fatos de cotim suscitavam nela o gozo de outrora. Foram sozinhos ver o filme *Serenata à Chuva* e Zulmira deu consigo a pensar em Joaquim antes de adormecer. A desejar o seu bem, «que se alimentasse», «que não apanhasse frio», «que fosse feliz». Foi por isso, com a dor das coisas definitivas, que Zulmira recebeu a notícia de que Joaquim a iria deixar. Trocá-la por outro país. Por mais que tentasse entender, não conseguia. Nunca antes sentira algo semelhante, era como se o chão se tivesse aberto debaixo dos seus pés e ela não tivesse nada a que se agarrar. Gostava dele, afinal. O amor seria isto: a sensação da perda, a saudade, o futuro difuso antes risonho que agora se fechava. Joaquim estava determinado como uma bala perdida.

XXXI

Em 1954, o território português ia do Minho a Timor, assim o pretendia e defendia Salazar ao considerar Angola, Moçambique, Guiné Bissau, Cabo Verde, Timor e os enclaves na costa indiana (Goa, Damão, Diu, Nagar Haveli e Dadrá) como território nacional não autónomo.

O Império britânico havia concedido independência à Índia em 1947, mas Portugal recusara-se a ceder os territórios descobertos em 1499 por Vasco da Gama, constituídos em Estado da Índia em 1505 pelo rei D. Manuel I e tendo Goa como capital desde que Afonso de Albuquerque a conquistou cinco anos mais tarde, tornando-a sede da marca portuguesa no Índico.

O Governo da Metrópole recusou de forma determinada a proposta de integrar o Estado Português da Índia na União Indiana em 1950, o que levou a um lento extremar de posições que acabaria por incitar a União Indiana a proibir todas as exportações para Goa, Damião e Diu. Preocupado, António de Oliveira Salazar dirige-se ao País a doze de abril através dos microfones da Emissora Nacional:

«O Estado da Índia não tem praticamente valor na economia e na demografia portuguesa e é fonte de encargos financeiros para a Metrópole; não pode encontrar-se na sua vida

jurídica e na sua administração o menor traço de imperialismo económico ou político, pelo que devemos crer desatualizados, pelo menos, os que de tal nos acusam.»

Salazar, com a sua voz aguda, invocou ainda o tratado estabelecido após a independência concedida pelo Império Britânico:

«Além de todas as coisas acordadas e concluídas se conclui e acorda mais por este artigo que Sua Majestade o Rei da Grã-Bretanha [...] promete e obriga-se pelo presente artigo a defender e proteger todas as conquistas ou colónias pertencentes à Coroa de Portugal contra todos os seus inimigos tanto futuros como presentes.»

Joaquim ouviu esta comunicação num pequeno café junto à Voz do Operário, onde tinha aulas particulares, depois de ter concluído a quarta classe com distinção. E haveria de omitir a Zulmira a conversa que tivera com o patrão dela. Lino colocou-lhe a mão no ombro e disse:
«– Tens que ir lá para as Índias, pá. Aqui, não sais da cepa torta. Se isto com a Zulmira é a sério e queres construir uma família, não é com o dinheiro que ganhas aqui que vais conseguir. E eu também não vou aceitar que a miúda tenha uma vida desgraçada.»
«– Então e se eu quiser ficar?»
«– Não ficas nada, pá. Tens de ir, não nos vamos chatear por isto. Pesquisa lá bem. A miúda merece. Não é com meia dúzia de patacos que vais ter filhos e uma casa e essas coisas todas. Não te posso deixar fazer isso à miúda. Pensa bem na tua vida e na dela. Tenho um sobrinho que está empregado no Estado e que é um ótimo partido para ela. Sabes que, para os meus, eu quero o melhor.»
«– Eu gosto dela, senhor Lino!»

«– Então se gostas, pá, deves querer o melhor para ela, certo?»
«– Certo!»
«– Então ouve o que te estou a dizer. O melhor para ela é tu ires.»

* * *

Portugal não estava disposto a abdicar dos seus direitos e à margem da diplomacia foi aberto concurso de voluntários para reforçar os oficiais portugueses no território. Se perdesse a Índia, Salazar temia abrir um precedente relativamente às colónias e tinha como matriz a unicidade de Portugal no mundo. As forças nacionais destacadas na Índia, desprovidas de artilharia e de meios bélicos para além de espingardas e pistolas, foram ineficazes para conter a frente independentista que ocupou os enclaves de Dadrá e Nagar Haveli, ameaçando tomar os restantes territórios sob domínio luso. Pressionado pela comunidade internacional, sobretudo pela Grã-Bretanha, Salazar não cedeu.

O Governo convocou para o dia nove de agosto de 1954, no Ministério dos Negócios Estrangeiros, os adidos de imprensa junto das embaixadas e delegações acreditadas em Lisboa, representantes da imprensa e da rádio e os correspondentes das agências telegráficas portuguesas e estrangeiras para dizer:

«Está o mundo tão cansado de situações de guerra e agressão que decerto não deixará de considerar com interesse este esforço para, com meios pacíficos e transparentemente de boa fé, se procurar obviar às emergências de grave hostilidade que se desenham num futuro próximo na terra sagrada da Índia Portuguesa.»

O *Diário Popular* desse dia titulava «Governo português entregou em Nova Delhi uma proposta para o envio de observadores ao Estado da Índia e aos territórios limítrofes», citando ainda o ministro em contradição de termos: (Portugal) não se absterá de reagir por medo, que não conhece.

Nesse mesmo dia, à mesma hora, Joaquim deixou Portugal.

XXXII

Diários da Índia

«*Uma aventura pouco risonha*»

Apesar de estarmos em agosto, aquela segunda-feira nascera triste, de semblante carregado, quase a ameaçar chuva. Chegaram mesmo a cair algumas gotas que contudo não impediram que grande multidão se deslocasse ao Cais da Areia para assistir à partida do primeiro contingente que seguia em reforço das escassas forças defensivas da Índia Portuguesa, ameaçada de invasão pelo colosso chamado «União Indiana». Dadrá e Nagar Haveli foram o preâmbulo de um plano que todos os países civilizados, exceto evidentemente a Rússia e seus satélites, consideraram à margem das mais elementares bases do direito internacional.
 Havia poucos anos que tinha sido alistado na Polícia, apenas com a 3.ª classe de instrução primária, mas no desejo íntimo de me desenvolver um pouco intelectualmente, para melhor cumprir a minha missão, tinha na semana anterior passado o meu 2.º ano de liceu.
 Os ânimos andavam inflamados e eu, um pouco ingenuamente – reconheci-o depois –, deixei-me influenciar demasiado pelos discursos da rádio, pelos relatos dos comícios, pelas notícias dos jornais e pelos conselhos de alguns amigos, entre os quais o tutor da Zulmira. Tudo o que em mim havia de rapaz novo, cheio de vida, na plenitude das minhas forças,

mas inexperiente, veio ao de cima. Quando menos se esperava, apareceu em toda a corporação uma Circular emanada do Comando Geral a pedir voluntários para sob certas condições prestarem serviço na Índia. Mesmo hesitante, optei por me inscrever, sabia que os patrões da Zulmira seriam inflexíveis na gestão da vida dela e mesmo arriscando perdê-la para outro ou, pior do que isso, perder o seu amor, tinha que aceitar as regras do jogo, mesmo que ela pudesse não perceber que era por gostar dela que eu partia.

No dia da partida encontrava-me portanto entre o pequeno Corpo de Voluntários da Polícia de Segurança Pública, parte do qual ainda hoje lá se encontra, na qualidade de simples guarda com escassos anos de serviço e praticamente nenhuma experiência policial, devo confessá-lo.

* * *

Os dias que antecederam a partida mais influenciaram o meu espírito. Abonou-se dinheiro aos que o necessitavam, distribuiu-se fardamento e calçado, tomaram-se vacinas, houve instrução de tiro, ofereceram-nos almoços, leram-se discursos e fizeram-se improvisos, exortações e promessas, algumas das quais, diga-se de passagem, não viriam a ser cumpridas. Enfim, tentou dar-se-nos uma preparação como se de facto fôssemos para a guerra. Preparação necessariamente rápida, porquanto a partida, que em princípio fora marcada para o dia 15, dada a gravidade da situação, tivera depois de ser antecipada para 9 de agosto de 1954.

Quanto aos amigos e familiares, uns choravam-nos a sorte, outros louvavam-nos a coragem incitando-nos a seguir o exemplo dos nossos antepassados, outros ainda, os mais íntimos, choravam sem nada dizerem.

Porque me desagradam as despedidas com choros, pedi a todos os amigos e familiares o favor de não irem ao barco e apenas um tio meu, funcionário da Administração Geral do Porto de Lisboa, ali compareceu.

***

Devo confessar que aquela partida constituiu a maior emoção que jamais senti e ao ouvir os acordes de «A Portuguesa», cantada pela multidão anónima que se encontrava no cais e pelos mil e tantos passageiros do Índia, todas as minhas forças não chegaram para reter duas lágrimas que teimaram em rolar-me pela face.
Simultaneamente, mas noutro local à espera que o barco passasse rio abaixo, saltavam de outros lágrimas em cachões, mas estas nascidas de um sentimento diferente, o Amor. Lágrimas que haviam de continuar a correr ainda por muito tempo desses olhos cuja dona foi sem dúvida a pessoa a quem a minha partida mais doeu.
Alta, fraca, simples mas sincera, não era o que se podia chamar uma rapariga bonita nem feia, era uma rapariga vulgar como tantas outras; aquele corpo esguio albergava no entanto a mais nobre das almas que eu até hoje conhecera.

XXXIII

Amor
Saudade

Quando deixou o estuário do Tejo e se fez ao mar, o *Índia*, lançado à água pela primeira vez quatro anos antes, era percorrido pelos oficiais de olhos ainda quentes pelas lágrimas. Travavam-se conhecimentos entre os mais de quinhentos homens, entre passageiros e tripulação, e descobriam-se cumplicidades que criassem laços para tão incerto destino, que em Portugal se temia a ferro e fogo.

A viagem far-se-ia em pouco mais de vinte dias atravessando o Mediterrâneo, pelo Canal do Suez, quase nunca avistando terra, num deserto marítimo, interrompido apenas nos primeiros dias pelas margens do Estreito de Gibraltar e mais tarde por um território que diziam ser a ilha de Malta.

«– O primeiro barco que passou aqui foi um barco português, sabias?» – Perguntou um camarada sem nome, de uma só sobrancelha em linha reta sobre os olhos negros e faces rosadas com maxilares proeminentes.

«– Não fazia ideia» – respondeu Joaquim.

«– Acho que é tradição, contou-me o meu pai, que foi da Marinha. Sempre que há um barco português para atravessar o canal, e são muitos que aqui se juntam de vários países, é sempre dada prioridade ao português. Já viste? Que grande país que nós somos» – completou, orgulhoso.

«– Realmente» – disse, de forma seca, Joaquim, que se mostrava apreensivo pelas condições com que se deparara no navio.

Os recursos eram notoriamente insuficientes para acomodar tanta gente. Os soldados dormiam em estrados de madeira que na vida militar se chamam tarimbas, amontadas no chão do porão de vante ou nos beliches e camaratas montados nos porões, em colchões com altura de dois dedos, que não atenuavam a rudeza dos ferros contra a carne. As almofadas eram pouco mais do que a fronha e tinham de ser preenchidas com camisolas de inverno. Os homens comiam no chão do convés, acotovelando-se, arrotando fartamente, falando alto, discutindo sobre a quantidade do rancho que lhes coube em sorte no prato – havia sempre quem se fazia amigo do praça que servia a refeição – o que ainda originou zaragatas, como a daquela terrina com um creme de cenoura que voou sobre a cabeça de um dos camaradas.

«– Olha, já que tens tanta, come a minha também!»

Ao mar que à hora da refeição se tornava revolto tantas vezes foi devolvida a comida acabada de ingerir, em enjoos que intensificavam com um calor de chumbo, sobretudo desde que passaram Porto Said, no Egipto, em que as temperaturas tolhiam o ânimo e a pele. Haveria de continuar a ser assim em Port Sudan, no mar Vermelho e no Protetorado de Áden, onde se reabasteciam de água, salobra contudo, ou com um certo gosto de mar, que tornava ainda mais sequioso o desejo de chegada ao porto de Mormugão, terra da fortaleza histórica erguida pelos portugueses no século dezassete e onde ficaram sediados os agentes britânicos que nove anos antes, durante a Segunda Guerra Mundial, em águas na altura sob soberania portuguesa, destruíram navios alemães ali atracados. Este era por definição o porto natural e mais conveniente ao trânsito de navios em toda a costa indiana e através do qual os alistados nesta missão de zelar pela pátria pisariam terra. Não lhes passava pela cabeça a possibilidade de nunca mais voltar a casa.

Joaquim fez-se acompanhar de dois livros na viagem a bordo do Índia. *Pina Manique – O político – o amigo de Lisboa*, de F. A. Oliveira Martins, edição de 1948, em que se relatava a ascensão do Intendente do reino de D. Maria I em 1780 ao posto maior da autoridade civil, controlando os poderes na jurisdição criminal e de polícia. A caminho de uma Índia Portuguesa que se dizia insurreta, Joaquim sublinhou nesse pequeno livro de capa cor de castanheiro a frase: «Para o bom desempenho do cargo, para que fora convocado, não importava apenas ter pulso rijo; importava, sim, compreender a hora que se vivia de pura renovação social» e tomou-a como sendo escrita para si. Guardou o exemplar para passar mais uma noite na camarata do *Índia*, algures no Índico, não sem antes escrever umas palavras ao amor que ficara em Lisboa.

XXXIV

*A bordo do Índia –
Port Said, 16 de agosto de 1954*

Minha querida Zulmira,

Voto ardentemente para que esta carta te encontre com a mais perfeita saúde, bem assim como a todos de casa, que eu estou bem felizmente. A viagem não tem sido má, já vou é um tanto ou quanto aborrecido de ver tanta água e minado de saudades tuas; e ainda nem a meio do caminho cheguei!
Esta é a nossa primeira paragem depois de haver quatro dias que não víamos terra nem de longe nem de perto e até dias quase inteiros sem vermos sequer um barco que não fosse este onde vamos. Como deves calcular, tenho-me lembrado muito de ti e, apesar de não desejar que te esqueças de mim, espero que não te tornes uma cismática e portanto peço-te que te animes e comas, na certeza de que, eu seja em que circunstâncias for, nunca te esquecerei e te abraçarei mais depressa do que julgas. Como acima vês, estamos em Port Said, uma cidade do Egito que fica à entrada do Canal do Suez, que vocês já devem ter ouvido falar pelos jornais e que nós vamos em breve atravessar.
Não te esqueças de que eu não devo demorar-me por cá muito, quero encontrar-te mais gorda do que te deixei, portanto faz por comer, sim?

Abraços a todas de casa, com um sem-número de saudades deste que nunca te esquecerá e te ama do fundo do coração,

Joaquim

XXXV

«Vejo-me verdadeiramente confundido, quando penso que eu, o mais vil dos homens, tenho sido cumulado de delícias tais, que derramava lágrimas de felicidade, enquanto o perigo que corríamos fazia com que uns gritassem de dor e outros soltassem rugidos de desespero. Pedia a Nosso Senhor que me não livrasse daquele perigo, se ele me não reservava para outros semelhantes ou ainda piores, se possível fosse, na vida a que me entregara para a glória do seu santo nome.»

S. Francisco Xavier, Apóstolo das Índias, de J.M.S. Daurignac, edição de capa dura e castanha, de 1947, é uma biografia que traça o percurso do também denominado «Apóstolo do Oriente» junto dos mais pobres, no que viria a constituir a moral franciscana, que nas Índias deixou marca. Joaquim havia de se lembrar das palavras de Francisco Xavier, que, quando se avistava tempestade, ouvia as confissões e preparava os crentes para a morte, «há alturas na vida, quando da dor definitiva não se quer melhorar para doutra mais profunda não ser colhido». Joaquim era crente mas até ao dia da sua grande tragédia não se sentira preparado.

XXXVI

Ninguém é morto ou está morto. Ser ou estar implica existência. A morte é a ausência, já não está, já não é.
Só no domínio do pensamento será ou viverá o ausente. Da vida só a própria faz parte. Na morte, choramos sempre o futuro, o devir que não nos permite ouvir mais aquele ser, o «nunca mais» que nos impede a dádiva da partilha, que nos faz caminhar sem um dos nossos membros. As pessoas são as nossas testemunhas e, quando uma delas parte, é como se levasse esse pedaço de vivência.

A Persistência da Memória, *Camila Vaz*

– Estas palavras são tuas – citei – pensas muito na morte?
– Na minha ou na morte em geral?
– Na morte, como uma realidade que nos rasteira.
– Quando penso na minha morte, transformo a ideia numa janela de oportunidade. Tendo-a como uma certeza, a tendência é para que aproveites tudo melhor do que se fores tomado pela ideia de uma vida adiada, de esperar por amanhã para fazer o que hoje pode ser feito.
– Mas aproveitar para quê? Com que finalidade ou sentido?

— Cada um terá o seu, há aquela frase de Pessoa que diz: «Cada dia sem gozo não foi teu, foi só durares nele.» Eu tomo-a como um modo de vida, embora careça de adaptação a cada pessoa. O que para mim é prazer, para outros não será. Para quem é crente, todas as boas ações terão uma consequência para além do benefício espiritual que trazem. Para quem não tem o dom da fé, o sentido estará na forma como fruímos da oportunidade de experimentar o mundo, de também influenciar os outros, fazendo-lhes bem, mas mais do que tudo isto de ter a liberdade. Liberdade de escolher e de fazer. Liberdade de pensar e de optar. A ociosidade também como forma de liberdade, tal como a de construir. Liberdade de partir ou de ficar. De agir ou da inação. Liberdade de aprender e de amar. De abraçar ou de rejeitar. O sentido da vida está na possibilidade de pensarmos que existe um sentido para a vida, ainda que isso possa não trazer grande utilidade. Tendemos a querer um sentido para cada ação que fazemos, quando na verdade o mundo está também repleto de inconsequências.

— Nem todas as coisas têm de ter um sentido... — afirmei, perguntando.

— Ou poderão ter o sentido de não ter sentido e de serem coerentes nessa ausência de respostas para perguntas que estão muito acima da nossa capacidade de entendimento. É para mim fascinante perceber que a matéria com a qual vivemos hoje é a mesma de Platão, de Moisés, de Vasco da Gama, de Jesus Cristo ou de Maomé. O mundo é o mesmo. A terra é a mesma. Os elementos com que hoje se constrói um iPad ou se envia uma sonda a Marte já existiam sob outras formas no tempo de Galileu ou de Dante e são os mesmos com que daqui a mil anos o mundo se fará.

— Isso para dizer o quê?

— Perdi-me um pouco, não foi? Isto para dizer que a perceção da maravilha do mundo, a sensação das novas descobertas, o sentirmo-nos vivos não carece de sentido, importa ser vivido, ponto.

– Isso é válido quando percecionamos o nosso fim no mundo tal como o conhecemos, mas de alguma forma atenua a dor da morte dos que não são próximos?

– Não. A morte dos outros anula uma parte das nossas liberdades, de não haver eco do amor que lhes temos, da impossibilidade de aço que se nos coloca de chegar até eles. Ninguém colmata a falta que o meu pai me faz, como ninguém preencherá o vazio de alguém que já não pisa o mesmo chão que nós. A crença é uma boa forma de lidar com a morte, mas a falta de garantias de que a vida depois da morte é como preconizam traz sempre um lastro de dor. De saudade. E da memória do que de mais belo a vida teve.

XXXVII

Amor
Saudade

Os primeiros dias foram de encantamento pela nova realidade que lhe entrava pelos olhos. Nascido numa aldeia no interior de Portugal, só de boato tinha ouvido o que se passava do outro lado do mundo, até porque televisão era uma coisa que no seu país só aconteceria três anos mais tarde. Goa erguia-se nos coqueiros esguios e altos, aonde as crianças subiam como primatas. Nas arequeiras, os nativos cortavam a semente do fruto alaranjado e enrolavam em folhas de pimenteira – esta mistura de gosto amargo dava à saliva um sabor sanguíneo, mas ajudava a prevenir indigestões. Havia na paisagem indiana as mais verdejantes tamareiras providas do mais doce fruto que Joaquim haveria de provar. As estradas limítrofes eram quase todas de terra seca e poeirenta ou lamacentas quando irrompiam dos céus bátegas de chuva. O gado circulava pelas ruas, onde homens sentados no chão, com turbantes, encantavam serpentes, tocando flautas artesanais que eles próprios haviam feito ou conseguido em troca de um produto ou serviço. As serpentes, segundo reza a lenda, não entravam em espiral pela música, mas sim pela cadência do batuque do pé no chão de quem mostrava essa arte em troca de moedas. Os mercados atulhavam-se de gente, mulheres de tez de avelã, com cestas na cabeça carregando frutos, legumes, flores e especiarias, que depositavam no lugar já ocupado avidamente pelos maridos. Nas bancas mais largas, os homens e as crianças andavam por cima da fruta à cata das mais sumarentas para encher o olho dos compradores, que mal tinham espaço para ir ao bolso buscar os trocos. Senhoras envoltas no sari – tradicional pedaço de pano que pode ir até seis metros – sentavam-se onde calhava, no chão, por exemplo, com as pernas abertas ou os calcanhares a tocar um no outro e um incontável número de galinhas vivas à sua frente. Joaquim lembrara-se de Zulmira, ao ver a facilidade com que estas velhas mulheres manejavam os bichos para venda.

Pequenas balanças rudimentares manchadas de suco eram apoiadas em cima de sacas de batatas, havia caroços cuspidos para o chão quando se queria atestar a qualidade do fruto provado. Dois metros à frente, outros tocadores, mas não de serpentes, chamavam a atenção para as roupas de múltiplas cores, explosão cromática que acompanhava os sons estridentes do regateio.

Miúdos vestidos com as roupas dos pais, calças largas, com a bainha dobrada até não roçar nos sapatos rotos, aludiam às bugigangas de todos os tamanhos que se alinhavam debaixo de um toldo improvisado de pano – a sombra atenua a pressa. Potes, vasos, copos, bonecos, santas, colares, pulseiras, elásticos, peças contra o mau-olhado e pelo bom-olhado, terrinas, tijelas e pratos pintados à mão, invenções de madeira, de lata ou de ferro para os grandes brincarem aos pequenos e para os pequenos repetirem a brincadeira até se cansarem.

Muitos deles comiam sem talheres, apenas utilizando a mão direita, o que para Joaquim devolvia a naturalidade das coisas, uma vez que sofrera muito em criança por lhe ser proibido ser canhoto, castigado que fora com violência pelo seu pai que não queria «cá essas coisas do diabo». A mão esquerda era utilizada para fins higiénicos e portanto considerada impura e aí Joaquim voltou a lembrar-se da razão que assiste aos pais depois de mortos (embora não fosse o caso). Não se agradecia as refeições, porque um simples «obrigado» era visto como forma de pagamento, o que anularia a boa intenção de alimentar o visitante.

Terra de tradições, feitiços, religiões e lendas, em que se benziam espigas de arroz e se contava a história da Dona Paula, nome de praia local e da filha de um vice-rei português. A jovem ter-se-á suicidado, atirando-se de um penhasco, por não resistir às acusações da família que lhe terá descoberto um caso amoroso com um pobre pescador. Os locais acreditavam que Dona Paula aparecia no mar em noites de Lua cheia, envergando um colar de pérolas. Joaquim e alguns companheiros foram lá e regressaram desiludidos com os mitos e costumes da terra.

«– Eles aqui usam a merda da vaca para se purificar» – disse-lhe o oficial Azevedo – «aliás, tudo o que a vaca der para eles é sagrado».

A urina de vaca, que para os brâmanes é sagrada, era bebida por alguns destes, de forma a purificar os que ao engano se tornassem impuros, comendo carne ou algum derivado animal. E isto era claramente demais para a abertura de espírito dos portugueses.

Foi neste ambiente tropical e colonial, onde as casas dos mais abastados tinham alpendres largos e frescos e os carros eram em menor número do que as carroças locomovidas a pernas e patas, que Joaquim chegou numa quente tarde de final de agosto de mil novecentos e cinquenta e quatro. Assim que chegou àquela espécie de albergaria, escreveu a primeira carta em solo português na Índia.

XXXVIII

Goa, 30 de agosto de 1954

Queridinha do coração,

Com os votos das melhores felicidades leva esta notícia de que cheguei de perfeita saúde, esperando que esta carta te encontre da mesma forma. Sim, meu amor, a tua saúde e bem--estar são para mim tesouros preciosíssimos, nada mesmo há de maior valor para mim, posso afirmar sem receio desmentido. Tu para mim és como o ar para a vida, sem ti, o mundo para mim deixava de existir. Certamente vais julgar fantasia, pelo facto de haver tanto tempo que vivemos separados, mas se assim for enganas-te, queridinha. Tenho vivido tanto e a maior parte do tempo temos estado juntos, pois não me sais sequer um momento do pensamento, o nosso apartamento é apenas físico porque intimamente vivemos juntos como mais não pode ser.

Tens sonhado coisas bonitas? Acredita que esses sonhos, que às vezes são sonhados mas sem dormir, devem em breve ser transformados em realidade. E depois quando sonhares estará ao teu lado o teu querido que te satisfará os desejos com grande prazer. Estou aqui e lembro aqueles agradáveis momentos em que quase passávamos mais tempo com os lábios unidos do que de outra forma. Estou mesmo a vê-los passar pela minha frente

como se fosse uma tela de cinema, do nosso cinema no Salão Lisboa, tudo o que se passou connosco desde o primeiro beijo que te dei furtivamente (lembras-te?) até ao último, que furtivo foi também, na véspera da minha partida. Por hoje não te roubo mais tempo, vou fechar a carta e levá-la ao correio.
    Envio um grande abraço a todas de casa e a carta cheia de beijos, os mais ardentes, para ti, Amorzinho do Coração.

O sempre teu,
Joaquim
Adeus

XXXIX

Lisboa, 8 de setembro de 1954,

Meu querido e amor,

Muito estimo que esta minha carta te vai encontrar de perfeita e feliz saúde que eu estou bem. Queridinho hoje mesmo cá recebi a tua estimada cartinha que me veio encher de alegria em saber que o meu querido estava de saúde que para mim é a minha maior alegria mas ao mesmo tempo uma grande tristeza por não seres tu queridinho pessoalmente.

Queridinho pois mandas-me dizer que isso aí que está tudo calmo pois eu aquerdito mas não penses que me possa conformar que estou tão lonje do meu querido amor pois cada dia que passa para mim me peresse um ano mas enfim Deus quiz que ajente se separasse temos que ter passiensia tanto um como o outro só te pesso e que tenhas fé na N. Sr. de Fátima e que lhe pessas por ti e por nós.

Filho só te pesso é que logo que possas e que tenhas avião que me escrevas que tu não calculas a alegria que me daz enrreceber carta do meu querido quando poderes mandame uma fotografia que eu querote ver como estás, se estás mais gordo ou não. Com esto termino enviandote muitos comprimentos dos teus colegas e daqui de toda a gente das minhas ermans e colegas a minha mãe também te manda muitas saudades a sim como a M. Ermelinda e todas cá de casa e de mim para o meu querido a pesar de ao me mandares um beijinho as escondidas eu para ti mando-te um sem numero destes e mil saudades que nunca me posso esquecer a Deus para te dar saude e sorte e que depressa te traga para ao pé de mim que eu cada dia que passa para mim me peresse um ano. Querido sinto em mim é uma grande tristeza que o meu querido nunca mais chega mas feliz ade ser o dia enque nos avemos de unirmos para tirarmos a desforra.

Zulmira

XL

Zulmira havia de aperfeiçoar o português ao longo dos meses que se seguiram. Não voltou à escola, isso não, porque o trabalho não, nem talvez a vontade, o permitissem, mas porque as cartas de Joaquim lhe ensinavam as palavras. Eram a sua lição. Aprendeu o amor, mas mais do que isso comparava palavras, colocava cartas lado a lado e reproduzia frases inteiras, que lhe soavam bem e que lhe pareciam transmitir o mesmo que sentia e que tinha necessidade de enviar a Joaquim.

Assim, em Goa, Joaquim passou a receber cartas que em muito lhe soavam familiares, não só porque o sentimento era comum, mas porque as suas próprias palavras – que havia escrito naquele barracão feito de pedra, que funcionava de posto de rádio, onde desempenhava as funções de rádio--telegrafista e técnico de transmissões – ressoavam como um eco. Enternecia-o de alguma forma esse esforço, de quem tinha menos palavras do que ele para dizer o que sente, mas não necessariamente menos amor. As palavras ficam sempre aquém do sentimento ou da reprodução da realidade, mas é pela sua escolha que nos tentamos guiar na relação com os outros e connosco.

XLI

Lisboa, 15 de fevereiro de 1955

Meu querido amorzinho,

Muito estimo que esta minha carta te vá encontrar de perfeita e feliz saude na companhia de quem te estima que eu e todos ca de casa vamos bem grassas a Deus.
Mandaste me dezer que ai as mulheres usam uma arguola com brilhantes no nariz, pois esso é para eu me ir conformando de que tu não gostas delas pois eu já sei que o meu amor que é muito serio quando não se ri pois o conqistador já arranjou para aí alguma? Já andas praí aos beijinhos a elas? Pois eu espero que tu não arranjes para ai nenhuma pior do que eu que tu já ca tens uma. Tive um sonho que tinhas me trocado por uma dai que andavam atraz do meu querido e que o querido gostava delas. Não julgues que eu que estou a dizer esto para tu arranjares ve la o que e que fazes.
Filho mandas-te me pedir uma fotografia das minhas pois que tinhas perdido a carteira isso é remorso ou soudades minhas pois eu já calculava isso. Quando daqui foste já a levavas tirada da carteira mas então tu perdeste tudo filho tu és assim perdes tudo mas deixa lá filho espero que não te perdes ati nem a tua saúde e o que eu quero porque retratos e carteiras a muitas. Disme se queres um dos que tinhas igual ao

que trazias na carteira ou se queres que eu va tirar outros pois tu quando poderes tirar algumas e mandas-me que e para eu ver se o meu queridinho esta mais gordo ou mais magro pois já peso os tais 70 quilos que o meu amor dezejava por esso to não te rales so te pesso é que sempre que possas me escrevas que cada carta que recebo tua são sinco quilos que engordo. Com esto não te masso mais só te pesso e que não estejas por ai muito tempo que cada dia que passa para mim e um ano com esto a Deus recebe muitos comprimentos de todos e o meu queridinho de mim recebe a carta cheia de beijos e abraços bem apertados desta tua querida que te deseija ver e abraçar e tambem fazer umas cocegazinhas. muitos beijinhos do teu amor querido que nuca se esquece de ti

Zulmira

XLII

Goa, 6 de março de 1955

Inesquecível Zulmira,

Com os votos das maiores felicidades tanto para ti como para todos os que te são queridos acuso a receção da tua carta de 30 do mês findo na qual vi que te encontravas com saúde. Ao escrever esta, fico pedindo a Deus que ela te encontre ainda com uma saúde mais firme do que a outra que te deixou. Eu felizmente encontro-me ótimo.
  Estás então zangada com o teu queridinho? És tão bera, filha! Só não ralho contigo porque sei que o és, mas se estivesse ao pé de ti levavas tamanha tareia que tu nem calculas (de beijinhos daqueles repinicadinhos, é claro). As pessoas beras como tu, querida, às vezes até dizem o que não sentem, não é assim, meu amor? Quase me fizeste lembrar aquele ditado que diz: «muito se engana quem cuida.» Se soubesses a miséria que por aqui vai nesse sentido tenho a certeza de que não arriscavas uma suposição dessas. Esse é precisamente o ponto que nós cá sentimos mais crítico.
  Acredita que por mais que estejas triste não consegues estar mais do que eu, porque, como sabes, tu para mim és tudo, se bem que desta vez quase chegaste a acreditar naquilo que algumas pessoas mais bisbilhoteiras dizem, mas no fundo sabes bem que eu nunca te esqueço nem esquecerei.

Mas deixa lá que tudo isto há de acabar e depois então ralharemos à vontade. Em compensação da carta que dizes não te ter escrito já seguiu outra que foi escrita mesmo sem ter recebido notícias tuas, minha má. Sabes bem que o teu queridinho te traz sempre no pensamento e quando não escreve é porque vê que não o há de fazer porque nada adianta com isso. Sabes bem que a minha ânsia é ainda maior do que a tua.

Beijos sem-número deste, para quem és inesquecível.

O sempre teu,
Joaquim
Adeus

XLIII

Já se punha a noite em Copacabana e o estrídulo da multidão tornava-se mais audível. Ouviam-se cornetas, batuques e músicas de ocasião que pareciam apressar a conversa, para que terminássemos, havendo ainda tanto para questionar, como há sempre. Sobretudo em mulheres como esta, que à minha frente se detinha, de queixo levantado e altivez felina.

– De que forma é que o ciúme condiciona a tua vida?

Camila reagiu mal à pergunta, acomodou-se na cadeira, abandonando a posição mais descontraída que o tempo e as caipirinhas lhe tinham dado.

– O que queres dizer com isso? Aonde queres chegar?

– Ao ponto em que estamos – respondi. – Perguntei, porque tinha o ciúme como um dos temas a abordar, por ser uma das características que em meu entender mais determina a nossa vida.

– Mas sabes de alguma coisa para estares a falar-me nisso?

– Não, não sei de nada. Foi completamente inocente.

Camila, de expressão carregada, devolveu a questão.

– O que é o ciúme para ti?

– Então, mas és tu que voltas a fazer as perguntas? – Protestei.

– Sou! Respondo-te, se me responderes primeiro a mim.

– Camila...
– Não insistas, de vez em quando também posso ser eu a definir as regras do jogo.
– Que mudança abrupta de personalidade.

De facto, surpreendeu-me esta atitude, como se a evocação da palavra ciúme ou do sentimento que lhe está associado lhe tivesse provocado alguma lembrança, como muitas daquelas que lhe vagueiam pela mente, sem sentido.

– No outro dia – dei voz à ideia – li que o ciumento passa a vida a procurar um segredo cuja descoberta lhe destruiria a felicidade.
– O verbo conjugado no condicional pressupõe que o ciumento é um louco e o ciúme infundado – interrompeu.
– De qualquer forma, ele busca a verdade num exercício de dor permanente.
– És ciumento?
– Julgo que aprendi a não ser.
– Isso não existe. Não acredito. Um ciumento nunca deixa de o ser.
– Sentir ciúme não é o mesmo que ser ciumento, são aliás coisas distintas que devem ser destacadas. Podes teimar em determinada circunstância e isso não faz de ti uma teimosa, embora seja daqueles defeitos que enobrecem.
– Teimosia e preguiça são os defeitos mais recorrentes, mas não fujas do raciocínio.
– Bom, o que estava a tentar explicar-te é que não é por ter já sentido ciúme que isso me torna um ciumento. E sim, é possível controlá-lo.
– De que forma?
– Começando por perceber a terrível inutilidade do sentimento, que só quando benigno mostra ser uma prova de amor que o ego do ser amado valoriza, porque lisonjeia. Nos casos patológicos, o ciúme acaba por se consumir a ele mesmo na origem, acabando por contagiar a fonte do ciúme.

– Vergílio Ferreira escreveu que o ciúme é uma avidez de propriedade ou petulância do domínio.
– E para ti, o que é o ciúme, porque é que esta questão te perturba tanto?
Camila respirou fundo, olhou-me com um sentimento que me soou a resignação, baixou o olhar e abriu o coração.
– Tive um namorado há uns anos, com quem tudo parecia perfeito. A nossa relação nasceu de uma infidelidade e foi alimentada durante meses por ambos na mesma exata medida.
– Quer dizer que não foi a tua única traição, uma vez que no teu livro revelas a existência de um caso com um ator quando estavas com o Filipe.
– Sim, sou reincidente, confesso, e não me orgulho disso. Mas, como te dizia, conheci o Alex quando ainda namorava, mas acabei por deixar o namorado da altura para ficar com ele, embora, como já te disse, a relação tenha nascido de uma infidelidade, o que não é um fator despiciendo, como já vais perceber. Na verdade, o que é mais estranho para mim é que, enquanto eu continuava no meu namoro, o Alex nunca demonstrou uma ponta de ciúme. Ele sabia que eu mantinha a intimidade com o «oficial» e não denotava qualquer perturbação devido a esse facto, nem quando lhe explicava que iríamos de fim de semana romântico. Ele respeitava e reagia com normalidade, o que de certa maneira me tranquilizava. Fazia-o, acredito, talvez por sentir supremacia em relação ao mesmo, por sentir vingada a minha ausência, porque o meu desejo por ele era posterior ao que eu havia sentido pelo namorado com quem estava, logo de alguma forma algo nele o tornava superior à realidade vigente. O mesmo não se passava se eu travava conhecimento ou me detinha a falar com outro homem a quem ele reconhecesse o potencial de amante rival. Aí fazia perguntas, de forma mais ou menos intencional ou negligente, uma vez que a legitimidade para o fazer era praticamente inexistente e ele sabia disso.

» O tom mudou quando finalmente a minha relação oficial se esgotou, ou pelo menos quando me cansei dessa vida de enganos. Tê-lo-ia deixado mesmo que não tivesse sido uma troca. Acontece com muitas mulheres desamarem os respetivos não porque o troquem pelo amante, mas devido ao fogo que lhes é roubado pela paixão nova, que as afasta da teatralidade da paixão a que todas mulheres e todos os homens conseguem almejar.

» Quando passámos, por fim, a namorar deixámos de olhar para o relógio nos arroubos de paixão, vividos em casa dele, um apartamento moderno, de decoração minimalista, num prédio recente com vista para o mar. Amávamo-nos num tal estado endiabrado e inebriado que ele chegou a ter queixas de um vizinho, certa vez que... – suspendeu o que estava a dizer, como se se tivesse arrependido – desliga a câmara por favor – pediu-me. Assim fiz.

» Certo dia de chuva daqueles que não apetece nada mais do que ficar em casa a ouvir a chuva a cair, se o som dos corpos permitir, bati-lhe à porta. Quando a abriu, viu-me de gabardine preta de cabedal e de botas pelo joelho. Desapertei o nó do cinto vagarosamente, abri as duas metades da gabardine por igual e mostrei-me de *lingerie* roxa de seda, com rendilhado em preto. As ligas que sobressaíam por entre as botas e estavam a uma vontade de se desapertarem. Puxou-me pela cintura para dentro de casa e encostou-me na porta, que se fechou. Não era um mestre do beijo, mas, quando me mordia entre o pescoço e o ombro, um arrepio arrebatador desconcertava os sentidos. Senti-o com a palma da mão por cima dos calções e logo por dentro. A imagem de o ter na palma da mão agradava-me, apesar de ter os olhos fechados e gemer de satisfação como vocês gostam, mesmo antes de ser satisfação aquilo que sentimos. Apertou-me as nádegas e fez deslizar as cuecas até se perderem no chão, por debaixo das botas, que ficariam calçadas mais algum tempo. Agarrou-me com força e pegou-me ao colo, envolvi-o com as pernas e deixei-me levar para a mesa da sala, que era pouco mais baixa do que a cintura dele. Abri as pernas, com as botas em cima da mesa, pedi desculpa pelas solas no vidro, ao que ele sorriu. Deitei-me, recebendo-o em mim como se me servisse e se servisse de mim. Banquete lascivo, vicejado pela fome de corpo, investidas fortes que me afastariam dele se não me tivesse segurado pelas coxas, primeiro, e pelo pescoço depois, beijando-me no auge da avidez, da pressa de chegar. Chegámos.

» Tomado não sei por que desejo, talvez pelo sentimento de posse posterior ao ciúme, como se se vingasse de quem não me tem, levou-me à parede, encostou-me de costas para ele, o *soutien* ficara na mesa, as botas e as ligas quedavam-se em mim. Havia como que uma raiva apaixonada. Num gesto brusco com o pé, afastou-me as pernas, como se me fosse revistar. E revistou. Primeiro levantando-me o cabelo e beijando-me, com os lábios molhados, a nuca, os ombros e o pescoço, as mãos frias adornaram-me os seios, apertou-me os bicos rijos. Esse gesto doeu-me, mas o alívio soube-me bem. Curvou-me num L invertido, as unhas cravaram-se no papel de parede, rasgando-o. A prova do amor derramava-se de mim quente, pelas minhas pernas. Quando se apoderou de mim, notei-o menos fulgurante do que na mesa, mas soube-me bem senti-lo tumescer, perdido no néctar consistente e sedoso, com as mãos apoiadas ora nas ancas, ora abrindo as margens de mim.

"– Vamos para a cama!"

» Fomos.

» Repetimos a ordem de posições, comigo de braços apoiados no colchão, olhando de debaixo do corpo a fusão dos sexos. Ao virar o olhar na sua direção vi que molhava a cabeça do polegar direito com saliva, de seguida encostou o dedo no sulco mais apertado de mim e girou-o em círculos lentos, enquanto dava ao corpo o movimento que não cessara – uma sensação agradável naquela zona intocada propagou-se por todo o corpo. Pediu-me que relaxasse e aí senti mais pressão do dedo, uma pressão suave que me descoordenava a orientação e mais ainda ao forçar a entrada. Esperou que lhe reagisse, como um semáforo. Luz verde.

» "– Podes meter!" – Não se apressou, o dedo deslizou suave e molhado sobre o labirinto que se contraía e distendia. Ligeiros movimentos, em que encolhia e esticava a cabeça do dedo, normalizaram a conquista de espaço dentro de mim, duplamente ocupada por um invasor, pronto a fazer valer os seus caprichos. Nisto, desocupou-se por completo e acomodou-se como uma fera pronta a desferir o golpe certeiro. Interpondo-se por uma passagem secreta nunca desbravada, cautelando o perigo, como se espreitasse o desconhecido por uma fresta entreaberta, alastrou-me. Enquanto cerrei os dentes, segurei-o pelo pulso da mesma mão com que também se segurava.

» "– Mais devagar!" Desapertei-o de força e fui cedendo a entrada, até se acomodar como um rei. Segurou-me pelas ancas e, ao invés de ser ele a determinar o movimento, concedeu-me o prazer do comando. A dor acena ao prazer com volúpia, a cadência que imponho ganha liberdade de me entregar ao ritmo e intensidade que ele pretende. O domínio sobre a minha própria contração e a via sacra que leva ao gozo não permitem mais veleidades. A intensidade cresce com um propósito. Logo ali no começo senti-me perto do orgasmo e aquela sensação aguda perdurou.

» Manejada como se manejam as pérolas, esse toque, acompanhado da repetição do movimento e do poder sobre mim, disseminou um murmúrio primitivo como um eco assombroso que se aproximava. Pressinto-lhe o gozo na irregularidade e convulsão premente e aperto-o numa única contração, como se o aprisionasse dentro de mim. A vista parece ficar turva e o corpo desliga-se, como se tivesse ficado sem combustível. O batimento cardíaco corre como um fugitivo e, sem pedir licença, a dor explode em ondas de prazer que sobem pelas pernas e transcendem todo o espaço de mim do qual tenho consciência. O grito foi tão violento que o terei assustado de início e excitado ainda mais, logo depois. Não sei precisar quando acabou o orgasmo e começou o seguinte e o que se lhe seguiu e o outro e o posterior, numa contagem que desisti de fazer. As contrações involuntárias, sensitivas e poderosas, derrubaram-me sobre a cama, à condição presente que a lava de vulcão nos sossegara. Adormecemos com o corpo quente e exausto, dormindo num quarto remanescendo de sexo pelos sentidos. Acordei primeiro e, sem força nas pernas e já sem botas, fechei os olhos debaixo de um duche de água quente.

» Quando voltei do banho, a expressão dele tinha mudado, o olhar estava vítreo e parecia-me muito menos palavroso do que era hábito.

"– Que se passa?"

"– Como assim, o que se passa?"

"– Estás tão calado."

"– Então...", disse, encolhendo os ombros, de braço esticado e telecomando na mão a zapear sem certezas. Tentei aproximar-me dele, mas o corpo e a atitude dele pareciam ter enregelado, ajeitou-se de forma a afastar-se, dando a desculpa de que estaria mal sentado.

"– Hey, vais dizer-me o que se passa?"

"– Se tu tencionares dizer-me também o que se passa."

"– Como assim? O que queres dizer com isso?"

"– Andas a ver alguém para além de mim?", dei um pulo da cama e sentei-me de frente para ele, embora ele continuasse de olhar fixo no televisor.

"– Que raio de parvoíce é essa, o que se passa contigo?"

"– Estás a fugir à pergunta, responde! Andas a ver alguém para além de mim?"

"Não me levantes a voz, estás a passar-te ou quê? Fiz-te algum mal para estares com essas atitudes? Olha para mim, estou a falar contigo. Não, não ando com ninguém para além de ti, o que é que te andaram a dizer? Que raio de macaquinhos tens na cabeça, Alex?"

"– Macaquinhos? Ah, eu agora é que tenho macaquinhos na cabeça? Queres ver que sou maluco?"

"– Importas-te de me explicar o que se passa contigo? Ainda há dez minutos estávamos no paraíso."

"– Quem é o arroba? Sim, não faças essa cara de espanto, que eu bem vi no telemóvel a mensagem do @. Aliás várias mensagens vindas do @", repetiu mostrando-me o meu próprio telefone com as mensagens do remetente referido.

"– Andaste a espiar o meu telefone, enquanto eu fui tomar banho? Tu tás parvo ou é só momentâneo?"

"– Tens ou não mais alguém para além de mim?"

"– Mas eu devo-te algum esclarecimento? Temos algum tipo de namoro ou tem sido só para o que nos apetece?"

"– Só se for para ti, para mim tem sido muito a sério."

"– Oh Alex, poupa-me. Mesmo que eu tivesse alguma coisa com alguém, não tinha de te dar qualquer satisfação, tal como eu não te pergunto se andas metido com as colegas da tua agência. E, para tua informação, não, não ando com ninguém. O @ é um grande amigo meu, que tem namorado e com quem falo numa linguagem muito particular, como deves ter reparado, já que andaste a bisbilhotar, feito uma velha gaiteira."

"– O que é que queres que eu pense? O teu telemóvel estava aqui ao pé de mim, a luz acendeu e li as mensagens."

"– Era a mensagem que provavelmente o novo namorado lhe mandou e ele reencaminhou para que eu comentasse."

"– OK, desculpa."»

– Os ciumentos são os primeiros a perdoar.
– Andas a ler os clássicos.

XLIV

– De tempos a tempos, em hiatos cada vez mais estreitos, o cerco apertava-se. Às vezes só porque olhava ou elogiava o talento de algum homem, em quem ele talvez visse qualidades a que jamais chegaria, provocava-lhe uma espécie de ira, resultado não sei se de desconfiança de si mesmo ou de mim, de se sentir incapaz de me satisfazer ou de não me amar o suficiente. É difícil de entender se o ciúme é construído em cima da fragilidade de quem o sente, da insegurança que o próprio não controla ou se em gestos e palavras que o objeto alvo do ciúme tem, que agridem a estabilidade do outro.

» Primeiro sentia-o quase que em contrição, as palavras sobejavam-lhe na boca, mas ele forçava-se a retê-las, embora só lhe faltasse apitar para ser uma panela de pressão em forma de gente. Procurava desviar a atenção ou mudar a trajetória da conversa, normalmente com observações descontextualizadas, mas que entendo agora eram a sua corda de salvação para que não se exasperasse. Quando saíamos à noite para dançar, se algum macho alfa me falasse ao ouvido a meter conversa ou se eu reencontrasse um amigo de outrora, já sabia que isso iria dar discussão pela noite fora.

"– Se o rapaz falou comigo, querias que eu o ignorasse?"

"– Acho que foste simpática demais, estavas toda cheia de sorrisinhos."

"– Eu?"

"– Sim, até estavas a gostar, pensas que eu não reparei?"

"– Não podes ter reparado, porque o que aconteceu não foi mais do que simpatia para com alguém que estava a ser simpático comigo."

"– E a mão que ele te meteu na anca quando te cumprimentou, vais dizer que também é inocente?"

"– Que querias que eu fizesse? Que fizesse uma cena porque o rapaz me pôs a mão na anca?"

"– O rapaz? Era um homem, não era um rapaz, não tentes mudar a realidade das coisas."

» O ciúme é uma travessia sem fim que encontra sempre mais razões do que as motivações que o fazem andar à procura do delito. Acaba sempre por tentar arranjar correspondência entre os gestos e os ciúmes, por mais pequenos que os gestos sejam. É como tentar que toda a realidade se conjugue para comprovar o motivo do seu ciúme, mesmo que isso lhe seja mais doloroso. Por orgulho, talvez, prefere encontrar razões na suspeita do que assumir a fragilidade de suposições em falso que têm, amiúde, mais a ver com a ameaça de violação do seu amor próprio. É uma tentativa de agressão à sua identidade, que o angustia por ser ele mesmo quem disfere os golpes. A cabeça de um ciumento é mais engenhosa do que a realidade alguma vez será. Ele procura ver com todo o detalhe, construindo o cenário e a forma de traição. Ele, e quando digo ele, também digo ela, mas neste caso era um ele, imagina que ela até engraçou com o tipo, porque é mais atlético, mais inteligente ou mais divertido do que ele. Pensa que ela jamais assumirá isso ou que não se aperceberá de que está a ser seduzida, mas quando se der conta será tarde demais: ele descobrirá o seu número de telemóvel, enviar-lhe-á mensagens a que ela responderá e depois o acaso pode fazer com que se encontrem, porque é sexta-feira e ela vai sair com amigas. E que a puxará para um canto, onde lhe roubará um beijo a que ela não tenta resistir, arrastá-la-á para sua casa, bêbeda e frágil, ou sã e fulgurante. O ciumento consegue ver, com todo o detalhe, o momento em que o seu rival toca na intimidade do seu objeto amado, o desapertar do *soutien*, o arfar ofegante, a vontade diabolizada no corpo, o primeiro espasmo, o sexo do rival tomando-a, a surpresa encantada dela pela sensação e descoberta do novo corpo. E a sua própria vaidade grita de dor ao perceber que está a ser bom para ambos, que ele faz de maneira diferente e que ela prefere assim. E tem raiva dela porque ela gosta, tem raiva de si mesmo porque não se assemelha, mesmo que igual fosse, o seu gosto seria outro. O frescor da novidade nada substitui. E um aperto no peito toma conta dele ao percebê-la nua e disponível, mas nesse preciso momento vestida e sorridente ao seu lado, num abraço que ele repugna. Esse temor da perda ou da inferioridade perante qualquer próximo faz da ameaça à relação ou à sua qualidade uma realidade permanente. Tudo é uma ameaça e só na prisão absoluta do lar, da cama, da intimidade, ele se sente verdadeiramente seguro. Só quando o objeto amado é seu por completo, ele respira com tranquilidade e pode ser o mais ternurento dos amantes.

"– Tu tomas as tuas suspeitas como verdades, tudo para ti é uma traição, amplias tudo o que vês. Eu sinto-me aprisionada nesta relação, não posso dar um passo que sou acusada de traição, tu desafias aliás a própria traição, uma vez que tornas essa possibilidade sempre presente. Mesmo que ninguém a não seres tu pense nisso, ao colocares no ar sempre a hipótese, semeias qualquer coisa no nosso imaginário. Posso nunca ter sequer pensado em ter alguma coisa com determinado homem, mas ao trazeres isso à tona, fazes-me pensar no que é que tu terás visto nele para que eu pudesse sentir interesse por ele, percebes? Tu tens-me por completo, todo o meu amor, todo

o meu desejo, todo o meu corpo, mas parece que queres mais do que aquilo que tens e, pior do que isso, mais do que aquilo que eu tenho e que te posso dar. O povo costuma dizer que quem desconfia não é de confiança, se a tua cabeça imagina tudo isso, quem me diz que não tens essas mesmas ideias, precisamente porque tu és assim, porque o teu ciúme assenta nas fórmulas que utilizas ou que já utilizaste? Se vês tudo isso, é porque para ti é possível. A minha dúvida é saber se é concretizável, porque já o foi ou só porque tens medo de me perder, de seres derrotado na tua forma de amor."»
— E ele respondeu?
— Fizemos as pazes, mais uma vez. Até que pus cobro à relação quatro vezes, voltando atrás nas três primeiras, lamentando a dor que lhe causava, as lágrimas sofridas que lhe escorriam pelo rosto quase que num pedido de socorro. Tornara-se um amor totalmente dependente, em que todo o meu ascendente sobre ele o alimentava e me roubava a essência. Com dor, sacrifício, esperas, perseguições e depois desistência, a separação serenou e consumou-se. Mas ficou esse trauma do aprisionamento. O ciúme é cego. E, por ser cego, quer ver mais do que aquilo que vê.

XLV

Amor
Saudade

Não era sempre lento e penoso o passar dos dias para Joaquim, na Índia portuguesa, de sabores tropicais e promessas de aventura. Ao final de alguns meses, amigara-se de Azevedo, também destacado nas transmissões, alentejano com passa piolho de uma orelha à outra, nariz abatatado e que não se cansava de repetir a mesma coisa a cada refeição:

«– Eles sabem lá o que é bom! Quem me tira as minhas migas e a açorda da minha mãe tira-me tudo.»

Frequentemente, eram-lhes atribuídas patrulhas de reconhecimento, que, não raras vezes, eles levavam para além da conta, munindo-se como se em guerra estivessem. Joaquim nunca soube explicar porque gostava tanto de andar vestido dentro de água, com uma arma ao ombro, dava-lhe uma sensação de poder e aventura.

Só trocaria isso pelos mergulhos no rio Mandovi, que passava ao largo de Velha, Ribandar e Pangim, as localidades que melhor conhecia e de que mais gostava, pela ruralidade, que aproximava as pessoas. Foi num desses sítios que comeu o melhor caril de frango alguma vez feito à face da Terra, seguido do qual provou pela primeira vez pedaços de ananás, embebidos em vinho do Porto e açúcar. Se acompanhados por um vinho tinto português em dia de folga, logo os passeios com os camaradas adormeciam as saudades.

Visitou a estátua de Vasco da Gama, chegado àquelas terras no final do século quinze, as ruínas da Igreja de Santo Agostinho, fundada que fora em 1597 e cuja fachada ruiu em 1936, restando uma torre com quarenta e seis metros de altura, num monte com vegetação já crescida por entre os túmulos de pedra e o velho pelourinho, memória da Inquisição.

«– Quem já viu Goa não precisa de ver Lisboa», diziam os portugueses cá nascidos por de seus pais terem ouvido semelhante dito, refletido no conjunto arquitetónico de igrejas, capelas e conventos, com que se evangelizou parte da população.

Da Sé Catedral, Joaquim guardou no bolso da camisa verde de sarja um retrato conseguido por um dos seus colegas, que haveria de estar ligado à sua grande tragédia. Tratava-se da maior igreja da Ásia e a de maior dimensão que os portugueses construíram num mundo que foi seu.

XLVI

Cidade de Goa, 19 de setembro de 1955

Queridinha do Coração,

Quando penso naqueles bons tempos quase sinto fugir o uso da razão; dá-me vontade de ir ter contigo seja de que maneira for. Outro dia vi num jornal uma quadra que me pareceu tão verdadeira e tão adaptável ao nosso caso que a decorei, talvez para nunca mais a esquecer, de então para cá estou a sentir cada vez mais a verdade daqueles simples quatro versos. Vê se é ou não verdade o que penso a tal respeito.

> O vento está para o lume
> Como a ausência para o amor,
> Se é pequeno apaga-o logo,
> Se é grande torna-o maior

Vê bem, queridinha, se não foi precisamente isso que se passou connosco, quanto maior é a ausência, mais se acende a chama da saudade. E já agora valha-nos ao menos isso. Em breve tudo acabará e então seremos dois corpos fundidos num corpo só, duas vidas numa só vida e só a morte nos poderia separar de novo para tamanha ausência. Seremos o casal mais unido, mais feliz, que Deus ao mundo deitou.

Recebe os beijos de quem te ama como se ama só uma vez na vida.

O sempre teu,
Joaquim
Adeus

XLVII

O regresso de alguns oficiais a Lisboa, em trocas desiguais de quantidade, tornava a procura pela partida superior à escala da oferta. Joaquim olhava o desembarque do *Timor*, do *Niassa* e do *Índia* ou a agoniante despedida, com melancolia. Naquele risco de água corria também um pouco da sua esperança velada de pôr fim a mais de dois anos de ausência. Havia camaradagem e momentos felizes, mas era precisamente quando estava feliz que Joaquim tinha mais saudades de casa. Sentia-se culpado pela alegria. Para ele, não fazia sentido que pudesse ser feliz na época mais triste da sua vida.

Os seus sorrisos ofendiam as lágrimas de Zulmira e de todos os seus, que numa rua, numa travessa, num beco de Lisboa o mantinham mais vivo do que ele se sentia ali – era apenas um número de placa disposto a cumprir uma tarefa. Ou duas, ou mais do que estas, porque a carestia de oficiais obrigava os restantes a cumprir valências para as quais não estavam inicialmente mandatados ou perfilados. Foi assim que Joaquim passou a conciliar o trabalho no posto de transmissões com o de oficial de patrulha, três vezes por semana, quando a noite se punha.

Vestia em tons de caqui, a puxar as cores do vespertino sol nublado da Índia. A camisa tinha largos botões dourados, quer fosse de mangas curtas ou arregaçadas, e o cinto negro de fivelas largas apertava fortemente os calções pelo joelho ou as calças a roçar pelos calcanhares. O chapéu da mesma cor era obrigatório em missões de serviço, assim como a pistola ou espingarda pendurada ao ombro. Acorriam a desacatos, mediavam altercações e eram os primeiros a chegar em zona de distúrbios, bem como a dar indicações que sempre se pedem a polícias andantes.

Nas noites mais silenciosas procuravam patrulhar zonas que precisavam de reconhecimento no terreno. Falavam dos sonhos que tinham ao chegar a Lisboa, de casar, arranjar uma casinha mesmo que pequena, fazer carreira na Polícia ou montar um negócio que lhes remediasse a vida. Já tinham passado dois anos desde que Joaquim se despedira de Lisboa a bordo do *Índia* e a pressa de voltar tomava-lhe conta do ânimo. Uma nesga de esperança irrompia sobre ele e logo se imaginava no dia da chegada, a descer do navio atracado no Tejo, com Zulmira acenando ao fundo da rampa e a vida de ambos acenando do futuro.

Noutras ocasiões, a angústia parecia ser nele um poço sem fundo, onde caía sem conseguir resgatar o melhor dos pensamentos, todos os sonhos se mostravam turvos e incertos. E, no dia seguinte, a rotina repetir-se-ia e as mesmas coisas, nos mesmos sítios, com o mesmo horizonte roubavam-lhe a juventude que ficara em Lisboa. Saudades de todos, sim, mas nostalgia de si, do homem que viera, pulsante de energia e com a certeza absoluta, que se tem na ausência de problemas, de que tinha a vida na mão. Estudara muito nestes dois anos, sentia ter opinião formada sobre as coisas e quanto mais lia, mais se enlevava. Simultaneamente, este sentimento contristava com a condição de refém em que se sentia, numa missão para a qual se voluntariara.

Esperar, pressionar e voltar a esperar era somente o que havia a fazer. Joaquim cumpria-o com o mesmo rigor com que todos os dias se via a tomar o corpo de Zulmira pela primeira vez. Em certas ocasiões achava que esse dia nunca viria a acontecer, que ela desistiria pelo caminho. Lá de tão longe, à espera de um homem como outros, ou com menos do que outros para a fazer feliz. Ela merecia mais.

XLVIII

O amor é uma forma de fé, de crer e de querer. Encontramos todas as razões que justifiquem aquele amor, que estabeleçam cumplicidades, numa música ouvida ao mesmo tempo em que toca o telefone com uma chamada da pessoa amada. Procuramos sinais em coincidências que sempre ali estiveram, mas que não eram visíveis, porque o que mudou foi a nossa perspetiva. Atribuímos a cada coisa do amor uma causa divina para que ele aconteça.
– O que é que tinha o homem da tua vida? – Perguntei-lhe.
– Eu é que o tornei no homem da minha vida, não é mérito dele.
– Isso aproxima-te do conceito de amor que gostarias de ter escrito?
– Isso aproxima-me da realidade. O homem ou a mulher da vida de alguém surge porque tem uma série de características que se perfilam a nós, não por ser uma pessoa dotada de perfeições. As imperfeições são, aliás, geralmente muito atrativas, se bem que esse também seja um conceito que eu ponho em causa.
– Pões tudo em causa...
– Até isso. Será que ponho tudo em causa?
– ...

– O que para mim pode ser imperfeição, para ti pode não ser. Falo de coisas particulares, naturalmente. Há pessoas que para estarem bem numa relação precisam de uma atenção desmedida do outro e outras haverá que precisam de espaço. Há com certeza quem goste de uma vida de paz e de ócio e quem não suporte o programinha de domingo à tarde. A preguiça, que é uma imperfeição para muitos, torna-se qualidade para quem se espelha na mesma medida. Podes desligar a câmara? Senão, não te posso contar uma história. Ou então tinha que te matar – brincou.
Desliguei.
– Houve um tempo em que nem eu nem o meu namorado tínhamos casa onde consumar o nosso amor e o fogo era tanto que a única alternativa que restava era o seu pequeno automóvel, de três portas, em segunda mão, sem ar condicionado, com o tecido dos bancos surrado e algumas molas que rangiam. O volante magoava as costas de tanta força nele fazer e o vidro do lado do condutor às vezes não fechava totalmente e permitia a entrada de geladas gotas de chuva. Apesar disso, aquele era o nosso templo, com a nossa música saída de um auto-rádio portátil e as nossas roupas despidas à pressa, em assomos intensos de paixão. Ele era assim grande como tu. O meu namorado, não o carro, entenda-se. De facto há coisas que só se conseguem fazer com determinada idade, nós procurávamos os sítios mais inusitados para termos intimidade, fosse num parque de estacionamento ermo, onde receávamos que um só carro, o nosso, desse nas vistas junto de outros automóveis, que sabíamos terem ocupantes com as mesmas intenções, o que nos dava um certo constrangimento. Despir a roupa era uma atividade que exigia experiência circense, já para não falar do resto. Raramente me despi por completo, o essencial basta para o essencial, até porque para encontrar um par de meias numa noite fria de inverno, num carro que se tornou um forno, exigia quase sempre que tivéssemos de sair

do carro naqueles preparos, sendo bafejados pelo orvalho e cacimba noturnos. Tantos, os vestígios de nós no carro e vice versa; cabeçadas no tejadilho, o tapete cravado nos joelhos, as molas nas costelas, a posição que não nos serve, o banco de trás que não é tão confortável, sobretudo para a cabeça que bate na porta ou no vidro que lhe está mais próximo. Em noites de verão, há o *capot*, claro, mas em noites de verão também há a praia deserta, com vento quente sobre nós, atrás de uma rocha com luz lunar e mergulho no mar a seguir...

» Nesses momentos, tudo isso estava em sintonia comigo. Hoje, nem ele, nem o carro, nem a paciência para tanto. Nem eu mesma faço sentido tal como era. Já da praia, ainda vou gostando.

– Não respondeste, o que é que tinha o homem da tua vida?

– Não houve um homem da minha vida, nem haverá. A cada momento, houve amores que o foram porque eu era aquela naquele momento. Foi algo que fui aprendendo com a vida, a nossa própria mutação define o nosso gosto, inclusive nas relações. Não precisamos sempre da mesma coisa. E não é a duração que define a continuidade do amor, é a capacidade de nos adaptarmos a nós mesmos, com a pessoa que amamos. A pessoa que amamos pode ainda ser o ideal que projetamos, nós é que já mudámos, sem dar por isso. Os mais felizes são os que estão em constante adaptação um ao outro e a si mesmos. Já te aconteceu isso, de certeza.

– A mim?

– Sim, do universo se conjugar para que aquela pessoa fosse eternamente naquele instante «aquela» pessoa.

– Naturalmente!

XLIX

Podias não ser tu
Se na lua fosse dia
E o vento soprasse ao invés
Podias não ser tu
Houvesse onda sem precedente
E pássaro que voasse sem razia
Podias não ser tu
Se eu pudesse não ser
E a vida não quisesse ser
Vida
Fora eu outro que não sou
E podias não ser tu
A própria luz que te transcende
E o fogo que propagas
E nos consome
E se nos derrama
Lava íntima lenta em precipício
Na lasciva vontade
Beijada na cama
Leito de risos em deleite cúmplice
Podias não ser tu
Delícia da vida transe dos sentidos

Latejada ao sabor do anseio
O meu pelo teu replicado
Podias não ser tu
Se houvesse palavras
Para contar o tanto que és
E o tanto que seremos
Por não seres além de ti
Por não crer para lá de ti
Por não querer além de nós
Podias tu não ser
E eu estaria aquém de mim
Podias não ser eu
E espelho irreflexo de mim eu seria
Se o amor fosse o que não é.
O Amor és tu!
E o mundo assim és!

L

Amor
Saudade

Na noite da tragédia, Joaquim escreveu a última carta diante da secretária no posto de rádio-transmissões, sentado numa cadeira de madeira que balouçava não porque assim fosse, mas porque os pregos ameaçavam não mais sustentá-la. Nunca voltaria a este barracão, onde passara os últimos três anos da sua vida. Deixou escrito o seu amor por Zulmira e o seu anseio de voltar a Lisboa, antes que fosse tarde e já não valesse a pena regressar como se queria. A sorte só se desafia até certo ponto – que só sabemos qual é depois da ausência da sorte se ter manifestado. *A Esperança Sempre Anoitece* era o título de um romance que Joaquim começara a escrever nos tempos de ócio, sobretudo depois de almoço, quando o corpo era tomado por uma certa letargia. Procurava combater o tempo com uma história que nunca chegou a concluir. Ao contrário do que tantas vezes a História conta, Joaquim não foi tomado por nenhum pressentimento, nem qualquer aviso divino para que naquela noite, agora mesmo, não partisse em mais uma rotineira saída de patrulha.

«– Vamos, Oliveira!»

«– Vamos embora» – respondeu, enquanto passava a língua por um sobescrito, de forma a deixá-lo pronto, para que o camarada Barbosa o fosse entregar ao posto, logo cedo, no dia a seguir – «é o pó que faz andar os elétricos».

«– O pó que faz andar os elétricos?» – estranhou Azevedo.

«– Sim, é o "pó de seguir"» – disse, levantando-se num pulo. Colocou o chapéu na cabeça e deu uma palmada no ombro do colega.

«– Está tudo à tua espera! Vamos embora, pá! Oh Barbosa, toma bem conta disto.»

«– Vai pela sombra, que à noite o sol aperta» – brincou.

Quando já a porta se fechava, Barbosa recebeu um telefonema que mudaria todo o rumo da vida de Joaquim e de Zulmira.

LI

Cidade de Goa, 14 de janeiro de 1957

Queridinha do Coração,

Não calculas, meu amor, como estou ansioso por deixar de receber cartas tuas. Isso seria sinal de que já estava junto de ti, que já te podia beijar e abraçar à vontade. Isso é para mim a suprema das venturas. Às vezes chego a admirar-me como tenho resistido tanto tempo apartado da minha queridinha. Pensando bem, isto tem sido de facto para ambos um esforço colossal, que só a saudade, filha dileta do amor, pode tornar mais suave, mas enfim, o pior já deve ter passado, porque certamente não tardará muito para que possamos estar juntos na mais sagrada das uniões, partilhar das mesmas alegrias e das mesmas tristezas, dos mesmo benefícios e dos mesmos sacrifícios; não tardará muito que afoguemos em beijos esta saudade que nos tem dado forças para podermos suportar tamanhos sacrifícios, então seremos as pessoas mais felizes do mundo. No canto do nosso lar seremos duas almas que estarão sempre tão unidas como se fosse uma só.
Um grande abraço à tua patroa e ela que não pense em coisas tristes, cumprimentos a todas de casa e para ti um infinidade de beijos do sempre teu.

Que muito te ama,
Joaquim
Adeus

LII

A noite estava quente em Pangim, Nova Goa como a designaram os lusos. O alerta de perturbações possivelmente fomentadas pela União Indiana numa zona pouco habitada da cidade, em que o chão era de pedras e terra e as zonas de mato abundantes, fez aumentar o número de oficiais na patrulha. Juntaram-se a Joaquim e Azevedo outros dois elementos da corporação, destacados em Ribandar. Coube-lhes a missão de, munidos de espingardas, apurar a confirmação das suspeitas difundidas. De todos, Joaquim era o mais calmo.

«– Isto não é nada, há sempre mais suspeitas do que certezas, vão ver que não se passa nada. As movimentações da União não surgiriam de uma suspeita de um momento para o outro.» – Afirmou Joaquim, apercebendo-se de uma certa tensão que dominava o ambiente a caminho do local. Lá chegados, saltava à vista um velho carro que parecia abandonado numa margem da estrada, também ela erma e sombria, apenas iluminada pelo brilho do luar. Saíram cautelosamente do veículo, de espingarda apontada para baixo, examinaram o carro e não detetaram nenhum sinal de atividade no mesmo, nem qualquer suspeita na área circundante. Até que um deles reparou num ponto de luz por entre o mato. Aparentava ser uma lamparina a óleo, num barracão, esse, sim, suspeito. Dividiram-se em pares, Joaquim e

Azevedo deram uma volta maior, tentando contornar à distância o barracão, de forma a cercar o inimigo. Ambos suavam em bica e era possível ouvir-se as batidas aceleradas dos corações de cada um. Os passos rasgavam caminho por entre a vegetação e passados cinco minutos estavam praticamente em posição.

De repente, ouviram o roncar de um carro, que parecia ser aquele em que tinham ido. Logo perceberam que tinham caído numa emboscada. Desataram a correr em direção à estrada e nisto ouviu-se um disparo, que silvou tão forte que os fez deter a passada. Azevedo riu-se, enquanto Joaquim se atirou para o chão, agarrado à perna com uma dor aguda a perpassá-lo.

«– Assustaste-te? Levanta-te, pá» – continuou a troçar. – «Foi a minha arma que disparou, tinha esta merda engatada.»

«– Fui atingido, Azevedo!» – Sussurrou Joaquim, já a sentir-se tomado pela dor.

«– Foste atingido, como? Não brinques com estas coisas, Oliveira.»

«– Está tudo bem por aí?» – gritou um dos elementos do outro grupo que já chegara à estrada, aonde o carro fora roubado.

«– Estou a falar a sério, fui atingido, senti qualquer coisa a entrar-me na carne aqui por trás da perna.»

«– Eh pá, não acredito. Ajudem! Desculpa, Oliveira! Venham cá, depressa. Ajudem! Estás a deitar sangue! Ajudem!» – gritava Azevedo, já com as lágrimas a escorrer.

«– O que foi isto? Oliveira, 'tás bem?»

«– Fui baleado, preciso de ir para o hospital.»

«– Mas como é que vamos agora para o hospital?»

«– Azevedo, não chores, pá! Corre até à estrada principal e tenta ver se consegues uma boleia.»

«– Desculpa, amigo, desculpa!»

«– Corre, vá!» – ordenou o camarada, que já se agachara no chão, de tronco despido e enrolando a própria camisa num garrote, que apertou na perna ensanguentada de Joaquim, que tentava aguentar a dor – se isso for conceito que se aplique à condição humana e não seja antes a dor que nos impele a aguentar, de facto. Joaquim sentia frio, naquela noite abrasadora de Goa, e a tensão baixara repentinamente.

«– Estás gelado, pá» – disse o colega, ao sentir-lhe a testa molhada de frio e ao ouvir-lhe os gritos.

«– Mãaaeeee!»

«– Tem calma, já fomos pedir ajuda»

«– Levaram-nos o carro?»

«– Levaram, mas isso agora não interessa, tem calma que tudo se resolve. O que é que sentes?»

«– Não sinto a perna direita e estou agoniado, sinto-me fraco.»

«– Não adormeças, nós estamos aqui. Já está quase a chegar ajuda, tem calma.»

«– Um mergulho da Travessa, do *Índia* bordo, brasa, foi dos correios Zulmira» – os sentidos esvaiam-se, como o sangue.

«– Este gajo tá a alucinar! Olha para mim, olha para mim. Passa-me aí a lanterna» – os dois oficiais sentiam-se impotentes para conter a agonia do compatriota. – «Este gajo 'tá branco como a cal e a revirar os olhos, o que é que fazemos? Dá-me aí o cantil.»

«– Vais pôr-lhe água na perna? Não desapertes o garrote.»

«– Achas que não?»

«– Claro que não, pá. Dá-lhe mas é de beber. Olha, parece que vem lá alguém.»

«– Bebe água, vá, anda! 'Tás a ouvir? Oh, Costa, o gajo desmaiou! O gajo desmaiou, pá.»

«– Aqui, aqui! Estamos aqui» – gritava o outro, agitando a lanterna para que Azevedo acorresse a eles. Esbaforido, o colega de Joaquim apressou-os.

«– Temos de o levar, vamos pegar nele, vamos, rápido, com o sangue que ele está a perder, não aguenta muito tempo se não for já para um hospital.»

Os oitenta quilos em peso morto pareciam muitos mais. Um deles pegava-lhe no tronco, um numa perna e outro tentando levantar o calcanhar da perna atingida para que não fosse tombada até ao automóvel de um professor que o Azevedo conseguira convencer a parar.

«– Não cabemos todos. Metam-no no banco de trás, vamos, rápido. Camarada, vai tu com ele, que o conheces melhor.»

Arrancaram com a urgência a finar-se por entre violentos solavancos até chegarem à estrada principal. Daí foram diretos ao Hospital de Ribandar, onde Joaquim chegou com os sinais vitais na fronteira mínima. Zulmira, em Lisboa, imaginava a vida em comum com o seu amor e sentia-se feliz.

LIII

– Falas como se tivesses vivido esses momentos – observa Camila – como se os tivesses visto antes de ti. É possível sentir saudade do que não se conhece, do que não se viveu?
– Não creio – respondi. – Sabes que há muitos anos, no primeiro de todos os livros que eu escrevi, a frase inicial dizia, por razões e contextos distintos, «quem me dera ter vivido antes de nascer».
– Mas isso é um desejo, um silêncio negro antes de ti, não uma saudade.
– Ao contrário do amor, a saudade não se herda, é preciso conhecer o fator pelo qual se tem esse sentimento, ou ter passado pelo momento que se evoca, como se o quiséssemos puxar com uma corda até junto de nós. O amor não, aprendemos a senti-lo pelos pais, independentemente da validação que esse título precisa. Um filho que não conhece o pai pode sentir-lhe afeto ao cruzar-se com ele pela primeira vez, pode aprender a amá-lo, resgatando um amor que talvez tivesse de reserva para essa relação. O que nunca acontecerá é haver um vazio de saudades, porque isso implica conhecimento, implica vivência.
Camila acrescentou:
– E a saudade, de alguma forma, implica momentos felizes.

É uma forma amarga de ser feliz, uma forma salgada de ter uma vida doce, uma contradição de antagonismos.

– Que faz – interrompi – com que seja possível estabelecer uma fórmula da saudade.

– Em que sentido?

– Que descodifique o sentimento.

– E que o racionalize?

– Que racionalize de forma matemática as variáveis que tornam a saudade uma constante.

– E é algo que já foi feito?

– Que eu próprio fiz – revelei –, estamos a tornar isto uma entrevista sobre mim ao invés de falarmos de ti.

– Qual é a fórmula?

– A fórmula, de algum modo, é capaz de te dizer alguma coisa. Tem muito a ver com aquilo que tu és.

– Por causa da questão da memória?

– Exatamente. Essa procura que revelavas n'*A Persistência da Memória* de desanuviar o peso das lembranças que te perseguiam.

– O diálogo com a nossa própria consciência ajuda-nos a ter uma visão alternativa da realidade. E, mesmo que as lembranças não se tenham dissipado, a verdade é que aprendi a viver com isso, sem que as dores sejam uma tormenta, como se escrever me tivesse auxiliado a compartimentar todas as recordações. Eu tinha como que desaprendido de esquecer e perdido com isso uma capacidade de sobrevivência que faz com que não sejamos uma máquina gravadora imparável. Os avanços na investigação ao cérebro humano são incríveis e novos a cada dia. – Camila empolgou-se com o tema.

– Tal como se inventou o telescópio para estudar o universo e ver as estrelas a menos de um palmo, num futuro não muito longínquo vai ser possível fazer o mesmo com o cérebro e com a avalanche de informação de que dispomos. Vamos poder medir e quantificar toda a informação existente acima dos ombros, mapeando-a de alguma forma e elencá-la em esquema, descobrindo a origem de cada pensamento e até de cada sonho.

— Vamos poder ver de que forma é que uma recordação é ativada, é isso?

— E ter a capacidade de voltar a inserir esse mesmo pensamento na cabeça da pessoa. Apagar, como já escrevi, e também fazer com que a pessoa reaprenda esse mesmo pensamento.

— Mas isso dilacera o mistério de cada um, passaremos a ser descodificáveis por via informática, toda a gente vai saber o que pensamos a cada momento.

— E até os nossos sonhos poderão ser vistos.

— Vistos?

— O mesmo físico acredita que existirá uma máquina, já em estudo, que reproduza todas as sinapses e todos os pontos que formam imagens dentro da tua cabeça. E um computador interpretará estes pontos, criando imagens daquilo que estás a observar. A cabeça vai-se tornar *downloadizável*. É incrível, não é? – Perguntou ante o meu olhar de espanto. – Vai ser possível fazer *upload* de imagens, de cálculos para dentro de ti, através de um *chip* diminuto que se colocará dentro da cabeça. Já foi testado com ratos e funcionou, seguem-se os primatas, antes de nós, humanos.

Camila deu depois o exemplo do físico Stephen Hawking, multi-premiado e genial investigador, que está totalmente paralisado numa cadeira de rodas e que tem instalado no lado direito dos óculos um pequeno *chip* que capta as ondas de frequência da sua mente e as transfere para o *laptop,* digitando aquilo em que ele pensa.

— Isso faz-se já hoje em dia? – surpreendi-me.

— Sim, ele digita através do pensamento, emitindo essas ordens por rádio-transferência e isso abre possibilidades imensas. Para os doentes de Alzheimer, por exemplo, vai ser possível instalar um *pacemaker* cerebral que lhes vai permitir fazer o *upload,* ou, se quisermos dizer em português, a descarga de imagens para as zonas danificadas do hipocampo. Isto é defendido pelo físico Michio Kaku, no livro *The Future of Mind*, que vai mais longe e fala do reconhecimento total de cada cérebro, com a identificação de todos os neurónios e consequente descodificação para um sistema, que permitirá colocar tudo o que sabemos numa pequena *pen*.

– Isso é como que uma nova forma de imortalidade – atalhei –, tudo o que sabemos fica para além da nossa morte.

– Mais do que isso, toda a tua personalidade, todos os teus maneirismos, recordações e segredos estarão à disposição dos teus descendentes futuros. Poderão inclusivamente falar contigo, uma vez que todo o circuito de consciência que hoje existe em ti será passível de ser reproduzido. E não te esqueças de que cada ser humano precisa apenas de vinte *watts* para alimentar o cérebro.

– Tu gostarias que se soubessem todos os teus sonhos e segredos? Não sei se essa será uma boa Era para se viver.

Camila riu-se. E regressou à saudade como sentimento que hoje o homem não consegue mapear.

Ou consegue?

Retirei uma folha de papel do bolso do casaco e mostrei-lhe um esquema que escrevera no avião, motivado sei lá por que ímpeto.

$$s = i + \left(\frac{1}{y}\right) \times A + (z)^n$$

– O que é que isto quer dizer? – franziu a testa – isto é a saudade?

– Isto é o que nos leva à saudade, não a saudade em si, porque não há duas saudades iguais. Não é o resultado de lá chegar, é a equação que nos leva lá. Importa descodificar a simbologia antes de detalhar a fórmula. Assim, consideremos que:

S = Saudade   y = Falta
i = Memória   A = Amor
1 = Prazer   z = Tempo

» Teremos, deste modo, as duas fórmulas entendíveis sob duas perspetivas.

$$s = i + \left(\frac{1}{y}\right) \times A + (z)^n$$

$$Saudade = Memória + \left(\frac{Prazer}{Falta}\right) \times Amor + (Tempo)^{volume}$$

» A saudade é a constante desta equação, a consequência final da aritmética. A primeira das variáveis é a mais constante de todas elas, a saudade será tão ou mais intensa na medida desta. Sem memória não há saudade. É o terreno onde cresce a árvore da saudade. A esta, soma-se o resultado da divisão entre o prazer que se sentiu em dado momento e a falta que esse momento nos faz. Nós não temos saudades de todos os nossos momentos, essa evocação está diretamente ligada ao prazer que nos deu, dividindo pela falta que nos faz, multiplicando pelo amor que sentimos pelo objecto (pessoa, local) e momento referidos. A soma final é a do tempo, esse grande escultor, como escreveu Yourcenar. O tempo que nos afasta da ação saudosa e através do qual se define a intensidade da saudade.

» Se a variável (Memória) diminuir, diminui também a constante (Saudade), logo:

$$\frac{Saudade}{Memória}$$

» Já se a variável (Amor) diminuir, diminui também a constante (Saudade). Assim:

$$\frac{Amor}{Saudade}$$

» Estas equações permitem definir uma outra, a partir destas:

$$A = \left(\frac{s}{i.}\right) + \left(\frac{1}{y}\right) + (z)^n$$

$$Amor = \left(\frac{Saudade}{Memória}\right) + \left(\frac{Prazer}{Falta}\right) + (Tempo)^{volume}$$

» O amor é resultado da divisão da saudade pela memória, somada ao prazer dividido pela falta na mesma lógica, mais a soma do tempo que define a durabilidade do sentimento, quer seja elevado ou não. Se a saudade é uma constante da variável memória, a divisão de ambas torna-se elemento, uma vez que o amor é um constante alimentar da saudade inconsciente pelo bem que nos faz. Já o prazer, subdivide-se na falta que nos faz e que projetamos que nos faça.»

Aproveitei o momento de assimilação dos conceitos para retomar o tema perdido lá atrás.

– Do que não tens saudades do teu pai?

Camila esboçou um leve sorriso e baixou a cabeça, resignada. Antevia-se na expressão uma contradição de vontades. Força para não falar e força para não se calar.

– Não tenho saudades de sentir pena dele, de não lhe ver a força que reconheço em mim e na minha mãe, de o sentir frágil nas vontades e na ação, submisso com o poder e com a vida. Conformado com a sua própria condição, traído pela esposa, mas, antes disso, traidor da vida que o merecia feliz. Que nos merece a todos, consoante possamos. Se não felizes, pelo menos inconformados. Ele era incapaz de dar um murro na mesa, preferia ter pena de si próprio, incapaz de nos proteger, entregando-se à bebida e ao jogo, impotente para defender a família ou o casamento. Os amigos lá de casa brincavam com a minha mãe, sentavam-na ao colo e tudo lhe parecia normal ou grande demais para que ele pudesse combater. Se um deles lhe gritasse na própria casa, ele calava-se. Perdeu-se durante anos em jogo ilegal, de onde não se sai depois de se entrar: empenhou as poupanças, o carro, a pastelaria e até a própria casa. O álcool fomentava-lhe sempre uma nova esperança, uma «fezada» de regresso à normalidade, uma nova aposta que mudasse as regras do jogo da vida. Nunca mudou.

– E é por isso que gostas tanto dele?

– Espera um pouco – pediu, inspirando fundo. – Por incrível que te possa parecer, é também por isso que eu gostava dele, por não ser outra coisa a não ser aquilo que se via, por não ter maldade, por não ter forças para mudar. Por ter caído como caem os homens bons. Por outro lado, há algo em mim que nunca aceitou esta vida, esta condição. Não me conformo com a resignação, com uma ideia de tranquilidade no cadafalso. Gostava de lhe ter podido ser útil, não tive tempo. De o ter resgatado do marasmo, de ter percebido onde se perdeu a vontade, onde ficou a alegria. Há pessoas que perdem peças pelo caminho ou que são extirpadas da sua essência quando «consumidas» por outras. É a velha questão do Brecht, dos *givers* e dos *takers,* dos que só dão e dos que só tiram.

LIV

Amor
Saudade

A manhã acordou com sol e céu azul com aquela luz que só Lisboa sabe ter. Na Travessa da Boa Hora à Ajuda, o bulício do comércio habitual dava a impressão de que eram as próprias ruas e vielas a terem vida, tal o frenesim que confluía. Havia promessas de peixe fresco acabado de chegar e da fruta «com mais suminho» das redondezas, enquanto se resolviam problemas que apoquentavam o sono de qualquer um: um botão que saltou do casaco, a permanente marcada no cabeleireiro, o trinco da porta a precisar de arranjo, o Atlético da Tapadinha à beira da descida de divisão, o pé chato do filho da outra, o boato da chegada do novo pároco, os golos do Águas, o Sporting que desde que os cinco violinos se desmantelaram nunca mais tocou a mesma música, o medo da escarlatina e da senhora mais velha que ocupa sempre a vez de quem a tem.

Zulmira entrara ao serviço no «lugar» quando ainda o sol espreitava e ria desbragadamente à porta do número trinta por causa de uma parvoíce que a Zézinha gritara ao distribuidor da fruta, que se queixava de dores nas costas por andar a carregar caixas.

«– Quem não aguenta o trote, não monta o burro.»

«– Viste a cara dele? Ficou vermelho que nem um tomate» – notou Zulmira – «olha e aquele vem lá que parece um foguete, nem cumprimenta ninguém» – era José que lá vinha, o colega com que Joaquim conhecera Zulmira e que tantas vezes havia sido seu companheiro de turno.

«– Zulmira, aconteceu uma coisa terrível» – as palavras mal saíam, entrecortadas pela respiração ofegante.

«– Ai meu Deus, o que aconteceu, homem?»

«– O Joaquim, Zulmira!»

«– O que é que aconteceu, por amor de Deus. Ai Zé!» – Meteu as mãos ao peito, que retumbava.

«– Ontem à noite, Zulmira, o Joaquim foi apanhado numa emboscada e dizem lá na corporação que levou um tiro e está muito mal. Acho que não se vai conseguir safar, dizem que perdeu muito sangue e, quando ligaram para a esquadra de madrugada, ele estava a ser operado, mas não tinham muitas esperanças. Pediram para avisar a família» – as palavras saíam mais do que embargadas, mãos unidas que apontavam e suplicavam ao céu, que sem nuvens parece mais aberto a Deus. As mulheres benziam-se e confortavam Zulmira, que se sentara no degrau do lugar. Ficou sem reação, a olhar a estrada, onde vira Joaquim pela primeira vez e brincara com ele.

Ainda na noite anterior se sentira tão feliz e cheia de planos, como era possível ter tido pensamentos desses, com o seu amado entre a morte e a vida. Sentia-se culpada pela felicidade que sentira no momento que era afinal o de maior aflição de toda uma existência. E agora tudo se desmoronava. Três anos de amor escrito e promessas de um futuro que nunca chegaria a acontecer. De repente, parecia que o céu se tinha carregado de nuvens, não era só o presente que trovejava, o futuro encerrara-se como uma loja que entra em balanço.

«– E não se sabe mais nada? Ai, meu Deus, como é que eu vou dizer aos pais e às irmãs dele? Sou eu que tenho de dizer, não é? Ou lá da esquadra ligam a avisar? Ai, meu Deus. Um homem tão novo e tão bonito. Ele queria vir embora há tanto tempo, parece que estava a adivinhar. Acho que o *Quanza*, o navio, estava para vir agora nestes dias, ai meu Deus, que desgraça, não acredito numa coisa destas. Ai meu Deus, ajuda-me e ajuda o Joaquim, dá-lhe força se ele ainda estiver entre nós e dá-lhe vida, se o quiseres levar. Eu preciso tanto dele, não mo leves, não mereço.»

«– Deus tem os melhores junto de si, Zulmira, tens uma estrela que olha por ti.»

«– Não fales assim, Constantina. Não deram a certeza de que ele estava morto. Ele é forte, vai conseguir.»

José resignara-se, não queria contradizer ou destruir por completo a vida de Zulmira, que enxugava as lágrimas como quem tenta secar o Tejo. Esse mesmo Tejo por onde sonhara vê-lo chegar. E agora?

LV

Nos dias seguintes, sem notícias da Índia, Zulmira começou a vestir de preto e a falar menos do que era habitual. Cumpria as suas tarefas como até então, mas, sempre que alguém lhe perguntava o que tinha, Zulmira desatava num choro compulsivo, os pormenores escapavam-lhe, não fixava o que lhe diziam. Perdia-se nas conversas, a que só retomava, como se acordasse de um sono profundo, quando a abanavam.

«– Diga?»

Perdera toda a alegria, corria para a rua atrás do carteiro, perguntando-lhe se não havia nada para ela.

«– Não, Zulmira. Já te tinha dito que hoje não chegou nada. Se chegar alguma coisa do Joaquim, podes ter a certeza de que a primeira coisa que eu faço é vir aqui ter contigo.»

Zulmira não acreditava que esse dia chegasse, por outro lado, e tal como sentem todas as pessoas que perdem alguém, havia uma luz cravada no peito que se acendia de esperança, que efabulava possibilidades que lhe devolvessem a vida do amado. Esse dia nunca chegou em todos os que Zulmira não dormiu a reler as cartas e promessas vindas de um sítio que não sabia onde era, mas que lhe pertencia de alguma forma.

O sítio onde está o nosso amor é nosso também.

LVI

Passados dois dias, veio a esperança com selo carimbado.

«– Zulmira! Zulmira! Chegou uma carta para ti, é do Joaquim! – Esbaforido, o carteiro trazia o envelope esticado para lhe dar. Todo o mercado ficou em suspenso à espera de que Zulmira, com as mãos repletas de escamas, abrisse a carta e desse as boas novas. Mal abriu a carta, Zulmira desatou num pranto, dobrou-se sobre si mesma e soltou um grito agudo e doloroso.

«– O que é, Zulmira? O que é? Que se passa?»

«– Tragam água com açúcar p'rá Zulmira. Hei, tu, vai aí ao café e traz água com açúcar, vá, rápido.»

«– Zulmira, são notícias do Joaquim? Ele está vivo?»

«– Não!» – Intensificou-se o choro – «Toma, lê», disse Zulmira, sem forças para reproduzir o que lera.

«É uma carta atrasada!» – lamentou. – «Deve ter escrito isto ainda antes da tragédia, foi de certeza, olha aqui a data. Oh Zulmira, anda cá, filha, ele gostava tanto de ti, não chores, filhinha.»

Seremos o casal mais unido que já veio ao mundo, estou já a sentir essa felicidade e é essa esperança que me dá coragem para suportar os espinhos desta tão prolongada ausência.

Come bem e não te rales, deita por algum tempo as ralações para trás das costas e deixa correr quem corre.

    Leu e releu, aquelas que para si seriam as últimas palavras escritas pelo seu amado, mas não as últimas palavras de amor, porque aquelas que houvera guardado seriam suas para sempre. Uma súbita vontade de ir à casa de sua madrinha e patroa, onde morava, cercou-a por dentro. Aproximar-se das cartas era também aproximar-se de Joaquim e juntar-lhe mais este pedaço que agora chegara com atraso, como tantas vezes nestes três anos. Era uma demanda que sentira, como que um gesto de dignidade que o amor que os unia merecia. Concedida a autorização, desatou a correr de lágrimas contra o vento escorrendo-lhe pela face, ignorando todas as vozes e olhares, todas as pessoas e obstáculos. Na sua cabeça, a imagem das cartas amontoadas, a que se queria agarrar como prova do seu amor. Agarrando-as, talvez Joaquim não lhe fugisse como Deus estava a consentir. Na sua cabeça, enquanto corria, voavam também as imagens a passear com o seu amado por estas mesmas ruas, felizes, sozinhos e com amigos, ele chamando por ela, «Zulmira», «Zulmira».

    «– Zulmira!!!» – Sentiu-se agarrada pelo braço – «não me ouves a chamar-te?!» – era José, de olhos esbugalhados, despenteado, engolindo em seco e estendo-lhe um envelope – «chegou de avião esta manhã, trazida por um diplomata português».

LVII

Ribandar, 26 de janeiro de 1957

Querida,

Sou hoje forçado a escrever-te para te dar uma notícia que certamente te vai despedaçar o coração. Não estou a escrever--te, como habitual, sentado na minha cama ou à mesa da nossa «república» na Avenida Almirante, em Nova Goa, mas sim na cama do Hospital de Ribandar.
Espero que tenhas coragem e ânimo suficiente para te resignares, até porque a meu ver a resignação é uma qualidade que todos devemos possuir. Eu, confesso, não julgava possui-la em tão elevado grau, se bem que sabia não ser dos mais acessíveis ao desânimo.
Tive a infelicidade de ser atingido por uma bala disparada involuntariamente por um colega durante uma emboscada e corri tal risco bastante que chegou mesmo ao ponto de ninguém supor que a minha vida se salvasse. Chegaram mesmo a dar-me os sacramentos, a chamada Extrema Unção. A bala apanhou-me numa coxa, um sítio nada perigoso, na verdade, isto se não tivesse a infelicidade de ter apanhado a artéria femoral, uma das principais artérias que fazem a irrigação, mas infelizmente assim aconteceu. Ter-me-ia esvaído em sangue se não fosse o desembaraço de um colega meu, da mesma força,

que ia no mesmo trilho que eu. Mesmo assim, para me salvarem a vida, tiveram de me fazer onze transfusões, que totalizaram em cerca de seis litros de sangue. Como o sangue de um homem normal é cerca de seis litros eu já pouco devia ter do meu sangue quando cheguei ao hospital. Para me operarem estiveram cerca de quatro horas e meia e toda a operação foi feita com sangue a saltar aos borbotões, a entrar por um lado e a sair pelo outro.

Enfim, a vida salvou-se e o perigo parecia estar quase afastado, mas deu-se um pequeno contratempo, o sangue não conseguiu chegar ao pé, pelo que é com tristeza no coração que te informo que este vai ter de ser cortado. Fez-se tudo quanto humanamente era possível, mas não se conseguiu fazer melhor.

O meu Comandante queria até, a meu pedido, mandar-me para Lisboa. Talvez aí houvesse outros recursos. O médico que me operou (a quem devo, primeiro, a vida), porém, é de opinião que aí ou cá nada mais se pode fazer e talvez eu não esteja mesmo em condições de aguentar a viagem e que em nenhuma parte do mundo se poderá fazer outra coisa.

Está então resolvido, como já disse, cortar o pé e porem-me um pé plástico que, diz ele, ficar-se-á a perceber muito pouco e me vai dar para andar quase sem nenhuma diferença, agora vamos ver se isso assim acontecerá. Como vês, aqueles vinte ou trinta gramas de chumbo modificaram por completo todos os nossos planos e agora queria que tu resolvesses a nossa situação.

A vida tem duas faces, uma romântica e outra real, verdadeira, aquela em que acima de todo o romantismo, de toda a fantasia considera o lado material da própria vida. É esta última que, neste caso, deve ser encarada em primeiro lugar. Escusado será dizer-te que jamais serei polícia, a não ser na qualidade de aposentado, terei certamente meios para viver, sem ter que pedir esmola, mas, confesso, foi-se-me já todo o gosto pela vida.

Como já disse, quero que tu decidas a situação o mais breve que puderes, se bem que nunca por minha parte faltarei ao prometido. Contudo, acho que tu, nova ainda como estás, não terás dificuldade em arranjar um homem que te agrade, e por isso não terás necessidade de estares a ficar com um homem aleijado.

Daqui para diante passarei a viver só para mim. Resolve portanto a tua vida o melhor que entenderes, pensa, conferencia com a família, decide como quiseres, mas manda-me a resposta a esta carta o mais breve que puderes. Sê franca, evita rodeios ou desculpas, porque já sabes que para mim a franqueza é tudo. Sei como me amas e portanto calculo o choque que tudo isto te vai dar e avalio o que vais sofrer nos primeiros tempos, mas o tempo tudo faz esquecer, tudo isto faz parte da vida. Estás nova e bonita. Não terás portanto dificuldade em arranjar um rapaz. Goza a vida e fica certa de que da minha boca nunca sairá uma palavra que possa manchar a tua reputação ou ofender a tua dignidade. Continuarei a estimar-te, mas como amigo e dos mais sinceros, sem qualquer outro interesse. Adeus, até à tua resposta!

LVIII

No meio da rua, ajoelhada na calçada, Zulmira chorava de alegria.

«– Eu sabia, eu sabia, graças a Deus, nosso senhor, está vivo, o Joaquim está vivo!» – levantou-se e abraçou a José. – «Está vivo e está parvo, como sempre. Diz para aqui uns disparates, que só mesmo saído daquela cabeça.»

«– Posso ler?»

«– Sim, toma, diz que esteve muito mal, mas safaram-no. Eu sabia. Obrigado, meu Deus.»

«– E quando volta a Portugal, não diz?»

«– Não, mas há de ser para breve, se Deus quiser» – arrancou a carta de mão de José e correu na direção contrária ao trajeto que tomara. Levava a carta como um troféu e sorria e chorava em simultâneo, sendo abraçada por todos, com vivas de alívio pela boa nova.

«– Tens de lhe escrever rápido, ele também deve estar em cuidados, Zulmira. Toma, escreves aqui num papel destes.»

«– Porque é que ele não terá enviado nenhum telegrama, oh Zulmira?»

«– No estado em que ele está, o homem pode lá agora enviar telegramas.»

«– Alguém mandava por ele, pelo menos para avisar a família e a corporação de que estava tudo bem.»

«– Mas se calhar não estava tudo bem, não iam mandar qualquer coisa sem ter a certeza e ele também não me ia explicar o que aconteceu num telegrama. Mas o que interessa é que ele está bem, graças a Deus. Quer dizer, bem não está. Pois é, não te contei ainda. Com a alegria de ele estar vivo ainda nem caí em mim, acho que foi muito grave o tiro que ele levou e, parece, segundo ele, que lhe vão cortar um pé.»

«– Ai credo.»

«– Pois, uma fatalidade.»

Zulmira precisava agora de saber que rumo dar à sua vida e comunicá-lo a Joaquim. As circunstâncias tinham mudado e na sua cabeça, a decisão estava tomada.

LIX

Lisboa, 10 de fevereiro de 1957

Querido Joaquim,

Não imaginas o que para aqui foi de alegria ao receber esta tua carta. Julgámos todos que Deus te tinha levado para junto de si, chorei tanto meu amorzinho. As tuas melhoras, é o que eu agora mais estimo. Eu calculo, filho, as dores que tu tens passado! Antes as queria ter eu, sempre parece que não me custavam tanto. Muito estimo que ao receberes esta minha triste carta te vá encontrar melhorzinho e ao menos livre de perigo, já que não pode ser fora do Hospital.

Já a muito tempo que o meu coração me andava a avisar de alguma coisa. Fasso ideia como os dias te ande custar a passar e cheinho de dores só te pesso filho é que te trates logo que possas e que tenhas transporte pede para te vires embora filho vela ainda te pode acontecer alguma coisa, agora te pesso que sempre que aja avião manda-me dizer alguma coisa que deves de calcular filho como eu ando com o meu coração que só tem tristeza metida no coração.

Todos cá de casa sentimos muito com a notícia que nos deste. Não desanimes, filho, pensa em mim que com saúde ou sem ela estou sempre de braços abertos para te receber. Peço-te no entanto que não voltes a dizer-me coisas como escreveste agora. Eu quero-te de coração e se não for tua não serei de *mais ninguém. Neste ponto não preciso de conselhos de ninguém, a minha opinião está formada. Pode ser que isso corra para melhor, mas de uma maneira ou da outra só não serei tua se tu não me quiseres, o que espero não venha a acontecer até porque, se as coisas forem como tu dizes, de futuro é que tu, mais que nunca, precisas de uma mulher que te ame e te acarinhe e nenhuma outra te pode amar mais do que eu.*

Se o destino já estava marcado de tu passares por isso, assim vamos viver.

É evidente que o meu maior desejo é que tu fiques são e escorreito mas não é a falta de um pé, de uma perna ou mesmo das duas se fosse caso disso que me faria mudar de opinião. Não sejas pateta e faz por comer para recuperares o sangue perdido, pois eu calculo como deves estar fraco, e logo que possas vem ou se preferires ter-me ao pé de ti, manda dizer que eu embora não tenha o suficiente para a viagem, tentarei arranjá-lo e irei ter contigo. Quanto ao resto não te preocupes porque havemos de viver, se Deus quiser. Eu tenho dois braços que, como sabes, estão habituados a trabalhar e se for necessário ainda poderei ganhar um bocado de pão para ambos.

Sei que não deves poder ler muito e esta já vai longa, por isso vou terminar por hoje pedindo-te que escrevas sempre que possas, mas não te esforces.

Fica rezando pelas tuas melhoras, a tua,
Ninha

LX

Ribandar, 28 de fevereiro de 1957

Queridinha do Coração,

Ao escrever esta carta, fico votando para que te encontres com saúde, bem como a todos de casa e os que mais te forem queridos. Eu continuo no hospital, tenho experimentado algumas melhoras e estou só à espera que se curem uns pequenos ferimentos para depois ser operado novamente, como já te contei. Quanto ao meu pé continua na mesma, não há esperanças de o poder salvar. Só um milagre, mas estes não são muito abundantes na nossa época. Digo-te isto com toda a franqueza, esperando que sejas forte o suficiente para não desanimares. Temos que nos contentar com a sorte que Deus nos deu.

Quanto à tua resposta, já a esperava, conheço demasiado o teu amor por mim para esperar outra. Se fiz aquilo foi apenas uma franqueza e mais nada. Irei, como pedes, logo que possa, se me cá não puserem o pé quero tentar ver se consigo ir de avião. Vou ser operado em breve, não há ainda data definida, mas já me começaram hoje a fazer o tratamento preparatório. As dores têm de facto sido algumas, mas suportam-se. Quanto eu gostaria, de facto, de te ter junto a mim para o tempo me parecer menos e as dores mais suaves, mas o que devemos fazer, filha? O destino é tanto mais travesso, quanto maior sabe o amor. Está descansada, farei sempre por comer. Quanto a injeções, não calculas sequer as que tenho levado. Ao princípio levava 3 de duas em duas horas, fora algumas de vitaminas que levava por fora, vinha portanto a perfazer um total de 40 e tal por dia. Estava agora quase livre delas, mas recomecei hoje a levar oito por dia para me preparar para a operação como te disse. Mas não te aflijas com isso, graças a Deus, em parte é a elas que devo a dor.

Peço-te também que não te ponhas para aí a pensar em mim e descuides a tua saúde. Sem mais – retribuo reconhecido todos os cumprimentos e agradeço sensibilizado os desejos de boas melhoras e para ti beijos sem número...

...do teu Joaquim

LXI

As lágrimas serenas de Camila contrastavam com a folia que pulsava nas ruas. Anoitecera na sala, em que de uma entrevista se contou o amor de um tempo em que era mais difícil amar.

– E o que aconteceu depois ao Joaquim, teu avô, certo?

– Meu avô paterno, sim, esteve seis meses naquele hospital em Ribandar, na Índia, viajou passado esse tempo para Londres, num avião militar, onde colocou uma prótese provisória, tendo lá regressado depois para colocar a definitiva, que eu não me acostumei a ver atrás das portas lá de casa, ora vestidas com umas calças de cotim ou despidas, com os ferros a descoberto. No dia em que chegou, depois de trinta e seis longos meses, contou aos seus que a sua perna cortada «jaz no Cemitério de Ribandar, sob a terra cálida da Índia Portuguesa». Zulmira agarrou-se a Joaquim, sem vergonha dos olhares familiares na casa que o recebida, beijando-o, algo desajeitada, mas plena de amor e com a sensação de uma saudade vencida. Logo se marcou o casamento, que não havia neles espaço para dúvidas. Todo o ciúme que Zulmira sentira quando Joaquim estava fora se diluíra, como se a incapacidade o tornasse só dela. Ao invés, Joaquim, receoso da sua condição, tornou-se possessivo e não sabia esconder os ciúmes, que ela foi mostrando pela força inegável da verdade serem infundados. Zulmira doou-se, naquela que foi a grande missão da sua vida: cuidar de Joaquim mais do que dela própria. O buraco profundo na virilha e as pernas enxertadas de carne violentadas pelo contacto com uma prótese que lhe salvava a mobilidade, mas não as chagas do esforço de a ter, obrigavam a cuidados permanentes. Era Zulmira quem, três vezes ao dia, lhe prestava os devidos curativos, tendo feito isso todos os dias, durante mais de cinquenta anos, somando-lhe o controlo da diabetes, que entretanto se descobrira ter.

Casaram-se na Igreja da Memória, como mandava o coração e os bons costumes das famílias honradas, nem de outra maneira podia ser. Joaquim pedira a mão de Zulmira primeiro aos patrões e padrinhos dela e, com o aval destes, dirigiu-se nos mesmos termos aos pais da sua amada.

O vestido de casamento, que Zulmira haveria de cortar várias vezes ao longo dos anos para que fosse reaproveitado para batizados e outras festas, foi despido no dia do casamento na mais absoluta normalidade. Foi Zulmira que se privou dele, fechada na casa de banho, tomada pelos nervos, receosa da inevitabilidade de consumar o amor que a Igreja abençoara nessa manhã. Toda de branco, mas agora de camisa de dormir, ficou ainda mais nervosa quando voltou ao quarto, já ele estava deitado e de pijama vestido, porque o frio marítimo de dezembro na Ajuda entra pelos ossos. Ela deitou-se, apagou a luz e virou-se de costas, como se estivesse pronta para o sono.

«– Vais dormir?»

«– Filho, estou moída, hoje o dia foi uma canseira.»

«– Descansas depois» – atreveu-se Joaquim, ao fazer-lhe carícias na cara e nos ombros com as costas da mão. Não queria forçá-la a nada, se tinha esperado cinco anos (a contar com o namorico), era capaz de esperar mais um dia, pensou, mas rezou aos santinhos que conhecia para que a lua dessa noite fosse de mel. Zulmira virou-se finalmente, ele ajudou-a a despir-se do necessário para validar o matrimónio. De camisa de dormir puxada para cima, Zulmira não tinha nenhum anseio especial por aquele momento. Sabiam-lhe bem os carinhos na pele, mas nunca se preparara para aquela noite e temia não saber como reagir e como reagiria o seu corpo, pela primeira vez amado por alguém. Limitou-se a dispor-se ao amor da sua vida, sem constrangimentos pela condição especial de Joaquim. Antes de adormecer, corou de vergonha, felizmente estava escuro, por não saber como olhar para a cara do seu marido, a quem tocara pela primeira vez.

LXII

Joaquim aposentou-se da Polícia, trabalhou em escritórios, estudou, teve aulas particulares, tirou o curso superior de Inglês, deu aulas na mesma língua, quis entregar a Zulmira qualquer coisa para que ela se entretivesse: primeiro um pronto-a-vestir, que era também retrosaria, para onde Zulmira o convenceu a comprar uma máquina de forrar botões, muito em voga no início dos anos 60.

No início dessa década, Portugal haveria de perder Goa e toda a Índia Portuguesa para a União Indiana, conseguindo manter apenas a memória de lá e a de cá. Nos seus papéis, que perduram com as saudades, desembrulho palavras que mo devolvem:

«Louvado: Pelo Comandante da Polícia do Estado da Índia, em quinze de fevereiro de mil novecentos e cinquenta e sete, pela forma competente e dedicada como sempre desempenhou as missões de serviço que lhe foram confiadas, sem prejuízo das quais se esforçou para aumentar os seus estudos literários e conhecimentos profissionais e ainda porque com elevada moral e coragem encarou as graves consequências de um desastre de que foi vítima em serviço, na noite de 14/15 de janeiro de mil novecentos e cinquenta e sete, em consequência do qual esteve internado no Hospital Militar número três, em Ribandar, desde a data do desastre até catorze de junho, tendo-lhe sido amputada a perna direita pelo terço médio da coxa.»

 Joaquim e Zulmira fizeram das circunstâncias o seu terreno de batalha para o futuro, se é que o futuro se combate ou a ele se chega combatendo. Abriram estabelecimentos na área da restauração local, onde sempre a voz e dignidade de ambos foi respeitada, sem se apoucarem pela condição de deficiente do meu avô. Tiraram a carta de condução, adaptaram o carro e Zulmira teve de voltar à escola para que lhe fosse permitido tirar a carta. Fê-lo, completando a quarta classe aos trinta e seis anos, na mesma sala que os miúdos de dez. Decorou os rios e os mapas e todas essas coisas obrigatórias, mas gabava-se de saber a tabuada de olhos fechados, o que a levava a brincar com os seus colegas de turma nascidos dez anos antes.
 Nunca o meu avô quis escrever o livro da sua vida, embora o tenha iniciado. Apresentava-se-lhe dolorosa, essa memória de dor, embora houvesse algo de doce nessa saudade.
 – Morreu? – perguntou-me Camila.
 – Diante de mim. Numa tarde fria de outono. Com a impavidez de soldado com uma causa. Aquele jovem voluntário, que saiu de Lisboa em direção à Índia numa manhã nublosa, perdeu quase todo o sangue, e viria a morrer décadas depois, numa cama de hospital. Recordo esse momento como se fosse agora.

LXIII

Tem a certeza que quer entrar?
O meu pai responde por mim.
Entramos.
Choque. Violência. Dor. Nó. Morte. Vida.
Tenho medo de te beijar.
De que o teu corpo me antecipe o que a máquina dita.
Olho para os números a decrescer.
A cair.
Como peças de dominó.
As linhas começam a perder a irregularidade. Beijo-te.
Em linha reta com o meu impulso. E vontade.
Emociono-me com os beijos que o meu pai te dá.
Ninguém repara.
Ouço o médico.
É uma questão de minutos.
Mentira, não ouço.
Saem-lhe palavras redundantes da boca.
Suspiro.
Olhe, neste momento está sem atividade cardíaca.
A máquina acima de ti marca dois enormes zeros.
Olho para a máquina do lado. E tenho inveja.
Números altos como a idade que tens.
O último suspiro.
Morres.

Testemunho.
Em silêncio.
Lição como tantas. Morrer não dói.
Ficamos sozinhos. Toco-te, receoso. Parado. Por dentro. Testa arrefecida.
Aceitação. Paz.
Enfermeira solícita e despachada.
Peço-lhe que espere. Falta a minha prima. Minha irmã, como tua filha. Está mesmo a chegar, argumento. Diz-me que sim. Que me deixa esperar por ela junto a ti.
Mas adianta serviço. Desliga o monitor com linhas inertes como a do horizonte. Alivia-te dos cabos que te ligavam o peito à máquina.
Ambos desligados.
Olho-a. Olho-te. Silêncio.
Retira-te a máscara.
O queixo cai, resignado.
Um líquido viscoso e amarelo escorre pela barba de dois dias.
A enfermeira tenta que a boca se feche, sopesando o queixo na sua mão, até que os lábios se toquem. Retira a mão. O queixo cai. Olha-me.
Até chegar a minha prima que te beijará com um amor que me emociona. Ninguém repara.
Ao lado, ouço gemidos.
Passos.
Telefones a tocar. Atendidos.
Fichas de doentes que passam de mão em mão.
Cores de batas que definem géneros profissionais.
Olho-te, enquanto.
Penso na avó Zulmira lá fora. Com a força de sempre e as lágrimas de nunca.
Já não estás. Aqui não estás.
Estás nos livros que deixaste sublinhados para te lermos.

Nas fotos, sim, mas é pouco.
As fotos não têm a tua voz.
Voz de ouvir ao longe.
Eu tinha medo.
Exceções, há-as. Então ó bate-e-foge...
Até p'ra semana. Repetiste isso até sábado.
Sabes, nunca disse a ninguém, fazia questão de repetir baixinho no teu ouvido: até p'ra semana. Até p'ra semana. Até p'ra semana. Quando me respondias da mesma maneira, seguia descansado. Só assim.
Confio em ti.
Antecipaste-te desta vez.
Foi até amanhã.
Ontem.
Olhar perdido em mim.
Ou no vazio.
Já vêm aqui tratar de ti, está tudo bem, disse-te.
Segurei no algodão para que a picada da agulha não tirasse mais sangue do que o necessário para análise.
Olhei-te. Afaguei-te. Sereno. Eu também.
Ficarás sob observação.
No dia seguinte haverá dados novos na visita.
Houve. Incredulidade, inevitabilidade e outras emoções de semântica semelhante.
Paz por ti.
Diante de ti vou comer lágrimas dos teus que me deste. Condoídos.
Não como as minhas. As lágrimas.
Nunca te vi chorar. Herdei isso de ti.
Guardá-las-ei para te trazer a um momento feliz.
Desculpa a falta de poder de síntese.
Achei que ficava muito por dizer se escrevesse apenas: Morreu o meu avô Joaquim.

LXIV

– O amor continua. A minha avó continua tão apaixonada como sempre. Quando nos fala dele, fá-lo com a certeza da sua existência e isso é tão reconfortante, que ela não pode imaginar o bem que nos faz. É ou não a mais bela história de amor?
Camila sorriu.
– Não sei se será a mais bela, porque pelos vistos a história ainda se escreve, mas decerto que se perfila nessa tal fórmula da saudade e do amor.
– É impressão minha ou ludibriaste-me o suficiente para que falasses menos de ti? Parece que eu é que estive a dar uma entrevista.
– Bom, podemos continuar amanhã se quiseres. Achas que vale a pena?
– Será que vale? Permaneces um mistério sem resolução, sem descodificação aparente. É aí que reside também o teu fascínio.
– Julgava que o meu fascínio estaria no que as pessoas conhecem de mim e não no contrário.
– O que conhecemos de ti é o que nos atrai, o que não conhecemos é o que nos arrebata, o que nos prende, o que nos faz querer ter mais.
– Queres ter mais?

– Não foi isso que eu disse.
– Não disse que disseste, fiz-te uma pergunta.
– Mas as perguntas aqui não sou eu que faço?
– A entrevista não terminou?
– Terminou? A ver pelas interrogações, não.

Camila levantou-se, preparando-se para sair, rodeou-me como se faz às presas na selva, olhou-se no espelho pendurado atrás das minhas costas e de lá ouvia-a pegar num molho de chaves e nos óculos.

– Agora, se pudéssemos, que não podemos, saíamos os dois daqui, juntos pela rua, sem dizer uma palavra um ao outro. Olhávamos os relógios em contagem decrescente, ignorávamos as banquinhas que nas esquinas param os turistas, que esta manhã foram à Igreja da Candelária fotografar corpos de vítimas menores pintados a vermelho no chão. Os morros estão tapados pelas nuvens e há uma árvore iluminada na lagoa, mas não seria por lá que iríamos ainda que fossemos e sempre em silêncio, já disse? Os prédios têm balões à mostra e contas de eletricidade exorbitantes, a chegar no ano que vem. Há iates, navios e transatlânticos iluminados como cidades ao largo da praia, onde as mães e pais de santo, com colares sobre várias camadas de roupa branca e turbantes enrolados na cabeça, se juntam aos devotos para saber o futuro. Há cadeiras de praia e toalhas à volta das quais se reúnem famílias, que tiram fotos com os filhos junto ao mar, joga-se à bola e fala-se alto em sorrisos francos. Vemos pequenos altares, de cangas enterradas na areia, rodeadas de velas, de flores e pétalas, de cocos e pratos com iguarias, que acompanham os copos de plástico, com bebida escura e um pote de gelo com uma garrafa dentro.

» Saltam-se sete ondas porque dá sorte e molham-se os pés nas que nos vêm brindar. O areal enche-se de mais velas acesas, de danças dos crentes e felizes diante de toldos e barracas montadas pelo improviso da fé. Sobressaem os arranjos florais e místicos, com perfumes de essências e incenso e figuras de

Iemanjá. Há flores que o mar devolve, talvez por preces demasiado ambiciosas que a Deusa não pode cumprir. As garrafas que dão à costa explicam os mergulhos daqueles que gritam no mar negro, porque a noite assim o faz.

» Dão-se os últimos beijos do ano e retribui-se o sorriso a quem sorri. Por tudo isto passaríamos eu e tu, se pudéssemos, que não podemos, em silêncio, em direção ao meu apartamento a um quarteirão daqui e a oito andares do chão. Vês-nos? Puxo-te pela mão, se pudesse, que não posso, e tu não fazes qualquer pergunta. Apenas vens, se puderes, que não podes. Sem acender uma só lâmpada, porque o céu vai iluminar-se dentro em pouco, temos uma janela virada para o mundo aberta de par em par. E o mundo que nos está de frente não vê o que aqui se passa e se vir até nem me importo. O fogo não é menor aqui do que todo aquele que se mete em posição nas balsas do mar. Despedimo-nos do ano e da roupa, dás-me de beber à boca pelo gargalo do champanhe frio, que também se derrama sobre a existência. As bocas de fogo estão prontas. Húmida, a densidade do céu que desimpede a investida. Os últimos segundos são os primeiros. Ao irromper inicial és o fogo e eu o céu, tomada de luz por dentro, golpeada de exuberância. Transcende-se de ti, a bruma que há em mim, num estralejar de ânsia que assim como chega a mim, também te devolvo, até que regresses com mais fogo e outros sentidos. E o que os olhos veem nos céus do Rio é o mesmo que eu sinto no mais profundo de mim. Tudo tão certo. Nunca se está em silêncio quando é o corpo que fala. Nunca se está em silêncio quando se diz o que a imaginação dita.»

Camila saiu. Nunca mais a tornaria a ver.